狐宝(こだから) 授かりました2

CROSS NOVELS

小中大豆

NOVEL:Daizu Konaka

小山田あみ

ILLUST:Ami Oyamada

CONTENTS

CROSS NOVELS

CONTENTS

小中大豆
Presented by Daizu Konaka

Illust 小山田あみ

CROSS NOVELS

一

ほんの瞬きをする間に、平和な家庭は崩れ去ってしまった。

本当についさっきまで、一ノ瀬和喜（いちのせかずき）とその家族は、この上もなく平和で楽しい時間を過ごしていた。

和喜は男だけど、夫と三つ子の子供たちと、ちょっと訳ありながらも幸せだった。――なのに。

「何なんだ、いったい」

剣呑（けんのん）で迷惑そうな声を上げてこちらを睨（にら）むのは、和喜の夫、千寿（せんじゅ）だった。

「千寿さん」

「お前、確か同じ大学の……」

千寿が和喜を見る目は、完全に不審者に対するそれだった。千寿の言葉に、和喜は息を呑む。

確かに自分たちは、同じ大学に通っていた。でもそれはこの春までの話だ。

いったい、夫の……千寿の身に何が起こっているのか。

「とおさまぁ」

和喜の足にしがみついていた子供の一人が、テテッと父親に駆け寄ろうとする。千寿はそれを、信じられないものでも見るような目で睨んだ。

「俺はお前の父親じゃない」

　ぴしゃりと言い放たれ、子供は「ぴゃ……」と泣き出した。それが残りの二人の子供たちにも伝染し、部屋中が子供の泣き声でいっぱいになる。

　千寿がうるさそうに耳を塞ぎ、「おい、黙らせてくれ」と言うのに、愕然とした。

　あんなに親バカで子煩悩だった千寿が、子供にこんな態度を取るなんて。

「千寿さん、どうしちゃったんです」

「どうしたはこっちのセリフだ。子供にあと……犬？　狐？　動物まで持ち込んで。早く出ていってくれ。今なら警察を呼ばずにいてやる」

「出ていけと言われても。ここは俺の家でもあるんです。子供たちは、千寿さんと俺の子供で……」

　和喜がそう口にした途端、千寿の表情が、苛立ちから怯えに変わった。

「お前。頭、大丈夫か」

　世間の常識に照らせば、和喜のセリフはおかしいのだろう。でも我が家は、標準的な家庭とはかけ離れたところにあるのだ。

　和喜からいわせれば、今さらそんなことを言う千寿の方がおかしい。

　そう、千寿はおかしい。そしてその原因に、和喜は思い当たる節がある。

「千寿さん、記憶が」

「は？　いや、もういい。とりあえず、警察を呼ぶ」

「とおさま、こわい」

「だから、誰が父さんだ」

「かぁさまーっ」

「ぴゃ……ぴゃぁぁ……」

「おい、この子供と子狐？　うるさいぞ。だいたい、このマンションはペット不可で……」

会話が平行線をたどる二人の周りで、子供たちがわんわん泣きわめいている。

地獄絵図、という言葉が和喜の脳裏をよぎった。


和喜の家はちょっと……いや、だいぶ他の家庭と違っている。

もしも本当のことを人々に告げたなら、先ほどの千寿のように正気を疑われるだろう。ざっくりいえば、千寿と和喜の一家は人知を超えていた。

和喜はいたって普通の、人間の大学生だ。

しかしこれも、だった、と過去形でいうべきだろうか。

大学一年生の春、和喜は同じ大学に通う一学年上の先輩、千寿要(かなめ)に出会った。体調を崩し構内でへばっているところを、千寿が助けてくれたのだ。

家族を亡くしたばかりで、身体も心も弱っていた和喜の心に、千寿の親切が沁みた。

浮世離れした美貌の千寿は、大学で男女を問わずモテていて、恋人をとっかえひっかえしていた遊び人だったが、一人で困っている和喜を助けてくれるような親切な人だった。

そんな千寿に密かな憧れを抱いていた和喜は、彼に会いたくて同じサークルに入り、飲み会の帰り、酔った彼に抱かれてしまった。

……と、ここまでは、男同士だということを加味しても、さほど珍しい話ではないだろう。奇特なのはここからだ。

和喜は男でありながら、千寿の子を身ごもった。

普通ならあり得ないことだが、千寿は人間ではなく、何と別の世界から来た妖、妖狐だったのである。

妖狐に苗字はなく、名は千寿。名前を姓として要という字を付け加え、千寿要という人間のふりをして人間界に溶け込んでいた。

人間の変化を解いたその姿は、黄金の耳と尻尾、同じ色の長く豊かな髪を持ち、鈍く赤みを帯びた瞳をしている。

千寿は、妖狐一族を束ねる長の惣領息子で、人間界には子作りのためにやってきた。

というのも、妖狐の世界は男ばかりで女が存在しない。どうやって子孫を残すのかといえば、人間と交わり、人の身体を借り腹にして子を生すのである。

女のほうが子供のできる確率は高いが、ごくごく稀に、人間の男と交わっても子供ができることがある。

和喜はその、類い稀な男腹の例だった。

それから問答無用で千寿と同居することになり、世にも珍しい男二人の妊娠生活に入ったのだが、一緒に暮らすうちに、千寿との心の距離が縮まっていった。

妖狐というのは通常、人間のことを借り腹としか見ないのだそうだ。

子供を宿した人間の方も、妊娠から出産に至るまで、まるで自覚がないケースがほとんどらしい。

知らずしらずのうちに出産し、子供は父親である妖狐に引き取られ彼らの世界へ帰っていく。

生活を共にすることもなく、心を通わせることも滅多にない。

千寿も、最初はそうした大半の妖狐と同じく、和喜を特別な相手とは思っていなかった。

和喜に正体を明かしたのも、同居したのも、男腹の和喜が千寿から与えられる精気なくしては生きられない状態だったからで、つまり腹の子を無事に産ませるためだった。

その子供さえ、義務で作った跡取りとしてしか見ていなかったのだ。それが和喜と暮らして心を通わせるうちに、千寿の意識も変化していった。

二人はやがて種を超えて愛し合うようになり、子供が生まれても成人するまでの間、人間界で家族として暮らすことにした。

天涯孤独だった和喜にとって、それがどれほど嬉しかったことか。

いくつもの困難がありながらも、無事に子供が生まれた。しかも三つ子だ。みんな毛の色が違っていて、それぞれの色に合わせて名前が付けられた。

真っ白な被毛を持つ雪、反対に真っ黒なのが夜、真夏の太陽みたいな黄金色の毛が夏。

三つ子が生まれる過程で、和喜も人ではなくなってしまった。人ではないが、妖狐でもない。

妖狐の子は、母体の人間から精気をごっそり取って生まれる。それが三人分となると、普通の人間のままでは和喜の身体が耐えられなかった。

和喜の命を取るか、子供たちを取るか。迷って迷って、ついに千寿と和喜は、どちらも手放さない決断をした。

千寿は自らの魂を半分に分け、和喜に与えてくれた。おかげで和喜は、神通力などは使えないものの、妖狐と同じくらいの生命力、寿命を得て、愛する千寿と末永く生きられることになった。

人間の常識から外れた和喜は、いつかは千寿に付いて人間界を去らなくてはならない。

でも子供たちが成長するまでは、この人間界で家族五人、のびのびと暮らすつもりだ。そのうち、人間の幼稚園や学校にも通うかもしれない。

和喜自身は、千寿と子育てをしつつ、無理のない程度に大学生活を送っている。

まだまだ子供たちは小さくて、毎日てんやわんやの大騒ぎだが、それもやがて楽しい思い出になるだろう。

今まで困難なことがあった分、何事もない日常が愛しい。

けれど、和喜がそんな日々の幸福を噛みしめていた矢先、新たな困難が現れた。


「大じいじんち、いつ行けるの？」

陽の光の眩しい、真夏の昼下がり。一家五人は車に乗って、買い物に出掛けているところだった。

子供たちの中で一番言葉の早い雪が、チャイルドシートの中で足をバタバタさせながら、そんなことを言い出した。

和喜は大学三年の前期が終わり、夏休みの真っ只中だ。前期試験の結果もまずまず、夏休み中の課題も済ませたので、気が楽だった。

三つ子が生まれた当初は目まぐるしく、勉強どころではなかった。大学も、留年を念頭に無理せず通おう、と千寿と話し合っていた。

今、一番大切なのは子供たちの成長のことで、他はゆっくりでいい。

気負いがなくなったのが逆によかったのか、マイペースに大学に通っていたら、どうにか前期を終えることができた。

その間に私生活でも一つ、山場を越えて、ちょっと息をついたところだ。

「大じいじんち？　いく！」

「じ！」

雪の言葉に、ウトウトしかけていた夏と夜がパッと飛び起きて主張を始めた。一斉に、バタバタと暴れ出す。チャイルドシートがあってよかった。

「こら、バタバタしない。もうすぐ着くから」

助手席の和喜がたしなめたが、本気で怒っていないのがわかって、三人ともバタバタをやめない。隣で車を運転する千寿が、バックミラーを覗（のぞ）いて軽く笑っていた。

雪と夏と夜は、生後八か月。姿だけ見れば、人間の二歳児くらいだ。

といっても、頭には狐の耳が生えているし、お揃（そろ）いのオーバーオールの中に隠れているが、お尻にはフサフサの尻尾が付いている。まだ完全な人型を取ることができないのである。

おまけに、ちょっとした拍子に狐の姿になってしまったり、かと思うと人型に戻ったり、自分たちで制御することができない。

だから自宅の外に出る時は、帽子やぶかぶかのズボンで耳と尻尾を隠しつつ、いつ狐に変わっても大丈夫なように、大きな風呂敷や子狐が楽に入れるランドリーバッグを持参する。

大変なので、普段は一方が買い物に行く間、一方が子供たちと留守番をするのだが、たまには二人で現物を見て買いたいものもある。そういう時は準備万端整え、困難なミッションを遂行する心構えで挑むのだった。

もっとも、大変だ大変だとぼやきつつ、その大変さも楽しいのだが。

子供はいつまでも子供のままではない。あっという間に大きくなってしまうだろう。

妖狐の子供は、自身の持つ妖力の大きさによって、成長速度が異なるのだそうだ。大きな力を持つ子ほど、早く成長する。

一族の次期総領である千寿は二百年以上も生きているが、現総領をも凌ぐ力を持って生まれ、たった二十年で成人の姿に成長した。

大人になってからは緩やかに年を取り、今も二十一歳の和喜とさほど年は変わらないように見える。

千寿の見立てによれば、三つ子はさらに、父の千寿をも凌ぐ力を持っているそうだから、もっと早く大人になってしまうかもしれない。

車の後ろでワーワー騒ぐ子供たちに、早く手がかからないくらい大きくなってくれと思う一方で、いつまでも可愛らしい姿を見ていたいと矛盾することを願ってしまう。

親の願いが通じてか、生まれた当初の成長ぶりから比べると、春からこの夏にかけては身体の成長が緩やかになっていて、毎週千寿が実施している身体測定でも、身長と体重がほぼ横這いだった。和喜は心配したが、妖狐の成長とはかように、速度の定まらないものなのだそうだ。

ただし、身体の成長に比べて、知恵と言葉はわりと順調に発育している。

「今はおぼんでしょ。おぼんはね、大じいじのとこに行くんだよ。スイカ食べて、あと、虫とったりするの。テレビで見たもん」

　雪が自身の知識を披露するように、胸を反らして言った。おぼん？　と首を傾げる夏と夜に、得意げにレクチャーしている。

　お盆は先週終わった。お盆の帰省ラッシュのニュースが繰り返しテレビで流れていたから、憶えたのだろう。

「大じいじのところは、こないだ行っただろ。そう何度も行けないの」

　和喜が言った途端、「えーっ」だの「やだ行く」「じ！」と、たちまち大音量になる。

　静かに！　と和喜が同じくらい大きな声を出すと、千寿が苦笑した。

「お祖父様にまた、頼んでみようか」

　千寿は基本的に子供たちに甘い。おやつは一日一個までだぞ、と怖い顔で注意していても、子供たちが「とおさまぁ」と涙目で縋れば、コロッとほだされる。

「たまにはいいか。あまり幼児期に抑圧されるのもよくないし」なんて、もっともらしいことを言いながら、おやつを与えてしまったりする。

　だから「だめですよ」と千寿をたしなめるのも、和喜の役目だった。

「そんなにちょくちょく遊びに行ったら、お祖父様だってご迷惑ですよ。そもそも、何のために人間界にいるのか、って話になりますし」

　和喜の肉親はみんな亡くなっているので、祖父と言ったら千寿の祖父のことだ。子供たちにとっては、曾祖父にあたる。もちろん、彼も妖狐である。

見た目はせいぜい五十がらみといったところ、千寿が年を取ったらこうなるのか、と思わせる、面差しのよく似た渋いイケオジだ。

百王丸（ひゃくおうまる）という、彼の屋敷に初めて招かれたのは、この春のことだった。

千寿に子供が生まれたことは、まだ実家には知らせていなかったから、百王丸に突然呼ばれた時は驚き慄（おのの）いた。

妖狐は子供が生まれるとすぐ、妖狐の世界に戻り、一族に育てられる。次期総領の息子たちといったら、それ相応の教育を受けるのが習わしで、成人まで人間界にとどまるなどと言えば、まず反対されるだろう。

だから当分は秘密にして、あちこちに根回しをしてから、実家へ報告に行こう、と、千寿と和喜は決めていた。

ところが、百王丸も隠居したとはいえ元総領、聡（さと）く孫の変化を察知したのである。

すわ、実家に呼び戻されるかと、千寿と和喜が戦々恐々とするも、最終的に百王丸は、和喜の存在を認め、人間界にとどまるという孫の決断も見守ってくれることになった。

そればかりか、子育てで忙しい二人を労（いたわ）り、子供たちを預って世話を引き受けてくれたのである。

百王丸の屋敷で、千寿と和喜は久々に二人きりの時間を楽しみ、子供たちも「大じいじ」が特別に用意した趣向を楽しんだようだ。

特に大好きなテレビ番組をモチーフにしたジャムパンマンの部屋をいたく気に入って、また行きたい、と事あるごとに口にするようになった。

あまり言うので、春の終わりにもう一度、百王丸に子供たちを預かってもらった。そう何度も甘えるわけにはいかない。

「そうだな。それに、あまりお祖父様のところに出入りしてると、父の耳に入らないとも限らない」

目的の場所に着き、大きくハンドルを切りながら、千寿が言った。

父という単語に、和喜もぎくりとする。

和喜も子供たちも、妖狐一族の総領、千寿の父にはまだ会ったことがない。

千寿や百王丸いわく、頭が固くて融通の利かないタイプなのだそうだ。百王丸は認めてくれたが、父の方は、息子に子供が生まれたとなれば、すぐにでも妖狐の世界に呼び戻すだろう。

千寿が人間の和喜を伴侶としたこと、己の力を半分分け与えたことを知ったら、激怒するに決まっている。何が何でも和喜を引き離そうとするはずだということで、父に子供たちの存在を知られるわけにはいかないのだった。

千寿の父親は、いわば本丸、慎重に攻めなければならない。

「そういうわけで、子供たち。大じいじの家は当分お預けだ」

千寿の言葉に、子供たちがまたワーワーと騒ぐ。その拍子に夜が狐の姿になり、チャイルドシートの中でモコモコの黒い毛玉がもがいていた。

「三人とも、静かにしないとお店に連れていけないよ」

　外に出る時は、千寿が子供たちに妖力をかけて、完璧な人型を保ってくれるという。人前で狐の姿になる心配はなくなるが、ちょっと目を離すとたちまちどこかに行ってしまう心配は、人型でも狐でも変わらない。

「大人しくして、お店にいる間は、俺と千寿さんのそばにいること。約束できる？」

　今日で何度目かになる注意をすれば、子供たちは一斉に「はーい」と元気のいい返事をする。ただ、どこまでわかっているのかは疑わしいところだ。

　店の駐車場に車を停め、千寿が子供たちに妖術をかけ、狐の耳も尻尾もない、人間の姿にする。

「あ、夏と夜。おしっぽない！」

「雪もないよ」

「みみ！」

　子供たちは人間の姿に驚いて、さっそく騒いでいる。千寿が和喜にこっそり耳打ちした。

「一定の距離以上は離れないように、術をかけておいた」

　和喜はグッジョブ、というように小さく親指を立ててうなずいた。

　大人しく、と言ったそばから、子供たちははしゃいでいる。あちこちに飛んでいく三人を追いつつ、買い物をするのは至難の業だ。

　こんな時は、千寿の妖術がありがたい。夫が妖狐でよかった。

「これに傀儡を付ければ、万全だろう」

千寿が言えば、彼のシャツの胸ポケットから、小指ほどの人形が三つ、スルスルと這い出てくる。

精巧な折り紙のような姿をして、二本足で歩行する彼らは、千寿に使役される傀儡である。小さな身体で子育てや家事を手伝ってくれる、頼もしい存在だった。

「クーちゃん、よろしくね」

和喜が頼むと、傀儡たちは小さな手を頭上で合わせ、マルの字を作ってみせた。それからピョンと跳ね、子供たちのオーバーオールのポケットに入っていく。三人ははしゃいでいて、気づかないようだった。

準備を整えて、いざ車を降りる。途端に三人がワッとてんでバラバラの方向へ走り出そうとしたが、妖術のおかげで、どんなに走っても千寿と和喜の足元に戻ってしまう。三人はわけがわからないようで、きょとんとしていた。

その様子が可愛くて、和喜は笑ってしまった。

「和喜、ついでにお前にもかけておこう」

千寿が思い出したように言って、和喜の左手を取った。薬指にはまった指輪を擦る。

子供たちが生まれる前、千寿からもらったエンゲージリングだ。同じデザインのものが、千寿の薬指にもはまっている。

「これでよし」

指輪を擦っているうちに、ぽっと温かくなり、千寿は手を離した。

「どんな術をかけたんです？　俺、勝手にどこかに行ったりしませんけど」

和喜にも、迷子にならないような術をかけたのだろうか。冗談めかして尋ねると、千寿も笑った。

「いいや。もしもの時の保険、かな」

「保険？」

「ああ。詳しくは家に帰ってから説明しよう。起動にコツがいるんだ」

妖狐の次期総領だけに、千寿には敵が多い。和喜のそばには常に千寿がいて守ってくれているから、そう心配する必要もないのだが、万が一を想定して、という意味だろう。

いろいろと考えてくれているのだ。

「じゃあ行くか。いい子にできたら、最後にアイスクリームを食べて帰ろうな」

千寿が優しく言い聞かせ、子供たちがまた、「はーい」と、返事をする。返事だけはいつもいい。

ともかくも親子五人、賑やかに店の中へ進んでいった。

今日、訪れたのは、雑貨と家具の大型量販店である。

家からやや遠く、車でしか来られない場所にあるので、和喜も千寿も訪れるのは初めてだ。ここで一緒に買い物をするのを、二人とも楽しみにしていた。

強大な力を持つ千寿は、妖術で何でも出すことができる。わざわざ買いに行かなくても事は足りるのだが、好きな人と一緒に選ぶのが、買い物の醍醐味なのだ。

それに……と、和喜は隣にいる千寿の横顔を眺める。

(ああ。今日もカッコいい)

自宅では、黄金色の髪に耳と尻尾の妖狐の姿、しかし今は狐の耳と尻尾は引っ込めて、黒髪を現代風の短いヘアスタイルにしている。

服装も、家では着物が多いのに、今はごく普通のTシャツとジーンズという格好だ。だが、それがいい。

シンプルな装いが、彼のスタイルの良さと顔立ちの美しさを引き立てている。

惚(ほ)れた欲目ではなく、げんに今、車を降りてから店に入ってもずっと、すれ違う人たちがちらちらと千寿を横目で見ていた。

とびきりの美形なだけではなく、パートナーとしても、父親としても優しく愛情深い。

こんな完璧な人が自分の伴侶だなんて、和喜は今も時々、夢を見ているような気持ちになる。

「何か俺の顔に付いてるか?」

いつの間にか、和喜は熱っぽく相手を見つめてしまっていた。揶揄(やゆ)するように言われ、我知らず赤くなる。

「いえ。ただ、いつもの千寿さんも素敵だけど、人間バージョンもカッコいいなーって」

顔は同じなのだが、別人みたいでドキドキしてしまう。

和喜が小さな声で言うと、千寿はわずかに目を細め、艶(つや)めいた表情を作った。和喜の耳に顔を寄せ、低い声で囁く。

「じゃあ、今夜はこっちの格好でしようか」

わざと耳に息がかかるくらいの距離で、夜の営みをほのめかされ、顔が赤くなる。千寿はニヤッと笑った。

「逆に和喜に、狐の耳と尻尾を付けてみるのもいいな」

「コスプレじゃないですか」

「そういうプレイもいいな」

もう、子供の前で……と甘く相手を睨んだ時だった。

「とおさま、かあさま！　ズキンちゃんのコップほしい！」

「ずるい、雪も！　雪はね、ジャムパンマン。あ、あれなに？」

「も！」

一人が騒ぐと、他の二人も騒ぎ出す。ぴゅっと三方向に散らばりそうになるのを、辛うじて千寿の妖術が引き留める。

「はいはい、コップはもうあるだろ」

「こら、走るな。危ないぞ」

甘い雰囲気はあっという間に霧散して、跡形もない。

わーわー騒ぎ、あちこちに行こうとする子供たちをなだめすかし、ノロノロと先へ進む。

和喜は自分たちが台風になったような気分だった。


目的のものを買い終え、帰路に就く頃には、千寿も和喜もげっそり疲れきっていた。

「アイス、おいしかったね」

子供たちは元気だ……と、思いきや、なぜかヒソヒソ声で話し始め、おや？　と振り返った時には三人ともチャイルドシートの中に沈み込んでいた。

「寝てる」

密やかに運転席へ告げると、千寿も声を立てずに笑った。

「家族総出での買い物は楽じゃないな」

「大変だったけど、でも、楽しかったです。たまにはいいですよね」

「たまにならな」

最後に大きく同意し合った。後部座席が静かなおかげで、帰り道は穏やかだった。

「そろそろ、保育園に行かせた方がいいんですかね。もしくは、近所の公園くらいは」

後ろの寝息を窺いながら、気になっていたことを口にしてみる。

先ほどの大型店舗に、小さな子供が遊べるキッズスペースがあった。そこで買い物の合間に遊ばせたのだが、よその子供たちの中へ入れることが、最初は少し不安だった。

三つ子は妖狐で、これまで家族以外の他人とほとんど接したことがない。上手（うま）く遊べるだろうかとハラハラして見ていたのだが、まったくの杞憂（きゆう）だった。

もうずっと前から一緒に遊んでいたかのように、その場の子供たちと楽しそうに遊んでいた。

三つ子は生後八か月だが、外見は二、三歳。そろそろ、外の世界と触れる時期かもしれない。

「俺の力で子供たちの外見を固定すれば、可能だろうな。ただ、保育園はどうだろう」

妖狐の成長速度は緩急あって、何年も同じ姿のままだったり、かと思えば数か月で人間の何年分も大きくなったりする。

成長と共に速度も定まってくるらしいが、ゼロ歳児の今はまったく成長が読めない。

「それに、俺が力を使いすぎるのは、あまりいいこととはいえない。自分たちで姿を制御しにくくなるからな」

発達が遅れるというわけだ。公園などにたまに遊びに行く分には構わないが、毎日同じ施設に通うのは、今の段階では時期尚早のようだった。

「難しいですね。さっき子供たちが遊んでいるのを見てたら、早く外に出して友達を作ってあげたいって、思ったんですけど」

「そうだな。だがのんびり構えるしかなさそうだ。うちの子はよそとは違うし」

人間の子供なら、おおよそ何歳で喋（しゃべ）るか、保育園に入る時期なども指標や統計があるが、妖狐は違う。人間界で妖狐の子が暮らした例などほとんどないそうで、ほぼすべて手探りだ。

「よそはよそ、うちはうち、か」

「ま、そういうことだ」

焦らなくてもいいのだ。忘れそうになるが、子供たちはまだゼロ歳児だし。

子供たちにはたびたびハラハラさせられるし、勝手のわからない育児に不安にもなるが、深刻にならないのは、千寿がどんと構えていて、指標を示してくれるからだろう。

おまけにすごい妖術を使えて、和喜や子供たちの生活を豊かにしてくれる。

「うちには、『公園の部屋』もありますもんね」

よその子たちと遊ぶことはできないが、我が家には素晴らしい遊び場があった。

千寿が結界を張って作り出した特殊な空間で、寝室の書斎スペースから出入りできる。屋外ではないのに屋外のような、太陽はないのに明るい空と広い地面が続く不思議な場所だ。

転んでも怪我をしない、ふかふかの芝生がどこまでも広がっていて、砂場やベンチ、それにブランコなどの遊具が揃っていた。

千寿がたまに趣向を凝らして、雨や雪を降らせてくれたりする。

外に頻繁に遊びに行けないかわりに、いつもは子供たちをそこで遊ばせている。おかげで、外出しなくても閉塞感がなかった。ぜんぶ千寿のおかげだ。

うちの旦那さんは頼もしいなあ、と、千寿の横顔を時折眺める。

そうこうしているうちに、自宅マンションの駐車場に車が滑り込んだ。まだ子供たちは眠っている。下手に起こすと嵐になりそうで、二人で「さて」と、気合を入れた。

「俺は夜と雪を抱いていく。夏を頼む」

二人を抱いて、荷物まで持とうとするから、「荷物は俺が持ちますよ」と手を出した。かあさま、と子供たちには呼ばれているが、和喜だって男なのだ。まあ、千寿と比べたらずっと小柄だし、ひょろっとしているけれど。

気概を込めて申し出たのだが、千寿はそこで、ニヤッといたずらっぽい笑みを浮かべた。

「いいよ。腕相撲で、いつもお前が負けるだろ」

腕相撲なんてしたことがあったっけ……と、記憶を巡らせたところで、かあっと顔が熱くなった。

毎日、子供がちょろちょろして慌ただしいが、夜には二人でしっとりした雰囲気になることもある。ならない日も多いが、とにかく、千寿は隙を見ては和喜にちょっかいを出してくるのだ。

——和喜が本当に嫌がるなら、しない。

逞しい腕で和喜を組み敷いて、彼は決まってそんなことを言う。

和喜も「子供が起きるかもしれないから」と抵抗するのだが、本気ではない。それに、千寿の腕は強くて、がっちりと押さえられると、和喜の力ではびくともしないのだ。

——抵抗しないってことは、いいんだな。

ぐっと組み敷く腕に力を込めておいて、千寿はニヤッと笑う。和喜は力で敵わないのが悔しくて、でも乱暴にされるのもドキドキして嫌ではなくて、目元を赤くして「ずるいですよ」などと睨む。

ことほど左様に、他人が現場を見ていたら砂を吐きそうなやり取りが、二人の間ではしばしば繰り広げられているのである。

「俺、千寿さんに甘やかされてどんどんひ弱になる」

子供たちがいるのに甘い空気になるのが気恥ずかしく、和喜はわざとツンとして言う。

千寿がニヤケ顔で何か言おうとした時、寝ていた夜がパチッと目を開け、モゾモゾと千寿の腕から這い出した。

「あ！」

「ん？　自分で歩きたいのか？」

夜は三人の中で一番、言葉が遅い。それでも家族の中では何となく意味が通じた。自分から単語を口にすることは少ないが、周りが話す言葉も他の二人と同じくらい理解しているようだ。

「いいけど、離れちゃだめだよ」

マンションの敷地内とはいえ、駐車場だ。和喜が注意をし、千寿が夜を床に下ろす。夜はにこっと嬉しそうに笑った。

まだ人の目があるかもしれないので、部屋に戻るまでは人間の姿のままだ。子供を一人ずつ抱いた千寿と和喜に付いて、エレベーターホールまでよちよちと歩いた。

しかし、ホッと安心していたのも束の間、エレベーターが来てさあ乗り込むぞ、という段になって、くるっと後ろを向いてダダダッと元の場所へ走り出す。

「あ、こら。夜！」

和喜が慌てて追いかけると、夜は地面に落ちている何かを拾っていた。

「もー、また何でも拾って」

「ピカ！」

得意げに掲げて見せる。テレビアニメ、ホゲモンのキャラクターバッジだ。ジャムパンマンと同じくらい、子供たちに人気がある。

同じマンションの子供が落としたのだろうか。ビニール素材のそれはまだ真新しく、中がクッションになっていて、握るとピコッと音が鳴った。夜は「ピ、ピッカ！」と興奮気味にクッションを鳴らしまくる。ピコピコうるさい。

「誰かの落とし物ですかね」

「とりあえず部屋に戻って、一階に届けよう」

このマンションにはコンシェルジュが常駐している。子供を連れて寄るのは骨が折れるので、ひとまず自宅に戻ることにした。

部屋に戻ってドアを閉めると、大人二人はようやくホッと息をつく。

子供たちも妖術が解かれ、狐の耳と尻尾がにょきっと出てきた。

その時、まるで家族が帰るのを見計らったように、滅多に鳴らない家の固定電話が鳴った。ジヤムパンマンの主題歌だった。

「この着信音、お祖父様だ」

千寿が口にした途端、電話から煙のように百王丸が姿を現したので、和喜はびっくりした。

「わ、お祖父様」

「大じいじー！」

子供たちは驚くでもなく、無邪気に喜んでいる。

「実物じゃない。お祖父様の幻影だ。この部屋には結界が張ってあるからな」

百王丸ならば、人間界と妖狐界を行き来するのは造作もないことだが、千寿の言う通り、このマンションの室内は強力な千寿の結界が張られている。

力もあれば敵も多い千寿が家族を守るために備えたもので、たとえ百王丸といえども結界内に立ち入ることはできない。

そのため、千寿と百王丸の間で、ホットラインを設置していたのだそうだ。

カメラ付きネット通話といったところだろうか。言われてみれば、百王丸の姿の向こうに、うっすらと彼の自室らしき背景が見えた。

『突然、すまんな。緊急事態だ』

それを聞いた千寿と和喜は、一瞬にして表情を硬くする。ひ孫たちは、大じいじに抱っこをせがもうと幻影に突進し、突き抜けてコロコロ転がっていた。

「どうやら五百紀（いおき）に、和喜や子供たちのことがバレたようだ」

「いおき……」

和喜にとっては聞き慣れない名前だったが、百王丸と千寿の顔を見て、その正体が何となくわかった。

「五百紀は俺の父だ」

千寿が答える。やはりそうだった。一族の総領に、自分たちの存在が知られてしまった。

『どうやら儂（わし）の屋敷で働く者の中に、あいつと通じている者があったらしい。この春、三つ子を預かったことがあっただろう。あの時のことが五百紀の耳に入ったようなのだ』

スパイ、とまではいわないが、百王丸の動向を逐次、総領の耳に入れる者があったらしい。そしてどうやら、その逆もあるようだった。

「総領の屋敷で働いている者の中には儂の息のかかった者がいて、その者が知らせてくれた。五百紀の奴、かなり頭に血が上っているらしい。今すぐ千寿を呼び戻すとか何とか、息巻いているそうな」

それを聞いて、和喜は怖くなった。千寿の父にとって、自分は邪魔な存在だ。千寿とも子供たちとも離れ離れにさせられてしまう。

「大丈夫だ」

無意識にぶるりと身震いした和喜の肩を、千寿は優しく抱き寄せた。

「この家には強力な結界が張ってある。向こうも簡単に手は出せない」

『それはそうだが、油断するなよ。五百紀は誰に似たのか、性格が陰険だからな。まず正攻法では来ないだろう。儂もこれから総領の屋敷に行って、話をしてくるつもりだが』

「ありがとうございます。お祖父様もお気をつけください」

現れた時と同じく、百王丸の幻影は煙のように消え失せた。

「大じいじ、いなくなっちゃった！」

子供たちは呑気(のんき)だ。幻影のあった場所をコロコロ好き勝手に転がる子供たちをなだめつつ、千寿と和喜は顔を見合わせた。

「大変なことになりましたね」

千寿の父は、ひどく怒っているらしい。惣領息子が慣例を破って人間と夫婦生活をしているのだから、当然なのかもしれない。けれどやはり、好きな人の父親に反対されるのは悲しい。

「お祖父様が、これから話をしに行ってくれる。上手く事が運ぶといいが。うちの親父はとにかく、クソ真面目で頭が固い」

百王丸も食わせモノではあったが、頭は柔軟だ。しかしその息子の五百紀は、現総領ということもあってか、とにかく規律や慣習を重んじる。正反対の百王丸を苦く思うこともあるらしい。

「俺はどちらかというと、お祖父様似だ。親父との仲は良くも悪くもないが、お祖父様とは馬が合ったし、子供の頃から可愛がられた。そういうところも、あの男にとっては面白くなかっただろうな」

　千寿と五百紀は、親子というにはいささかドライな関係だったようだ。それでも、五百紀からしてみれば、あまり関係が良いとはいえない父と、それによく似た息子が自分の頭を飛び越えて仲良くしているのだ。決して愉快な状況ではないだろう。

　さらに今回、千寿は一族の慣例を破った。父親には子供と伴侶のことはひた隠しにしていたくせに、祖父とは密かに家族ぐるみの付き合いをしていたのだ。

　これは、妖狐ではなく普通の人間の家族だったとしても、まず間違いなく揉めるケースである。

「そんな状況でお祖父様が話に行っても、聞いてもらえないんじゃないでしょうか」

「親父としても面白くはないだろう。だが、お祖父様も先代の総領だ。隠居したとはいえ、今もお祖父様を慕う者は多い。そもそもの話、お祖父様がこんなに早く現役を引退したのも、息子の人望のなさを心配したからだ」

　五百紀の妖狐としての力は強大だ。千寿ほどではないが、百王丸を凌ぐ妖力を持っている。ただ、性格が四角四面で生真面目なせいか、強いカリスマ性で一族を束ねる百王丸に比べ、人望の点で劣るようだった。

　単純に力が強いだけでは、一族を束ねることはできない。人々の心が長から離れれば、一族に混乱が生じるだろう。

　そのため、百王丸は早くに総領の座を退き、息子に明け渡したのだった。一歩離れて息子が一族を治めるのを見守り、いざという時には助けの手を伸ばす。

「まあ、そういう親心も父にとっては鬱陶しいんだろうな。ケツの穴が小さいというか、生真面目といえば聞こえはいいが、偏執的だ。粘着質で根暗で性格が細かい」

父親とは、仲が良くも悪くもないと言いながら、千寿の口調は辛辣だ。実はあまり、仲が良くないのではなかろうか。

ますます不安になった、その時だった。

『――ケツの穴が小さい、偏執的で粘着質な根暗で悪かったな』

突然、どこからか不機嫌な男の声が聞こえた。

千寿と和喜ははっとして、辺りを見回す。しかし、そこには子供たちがいるだけだった。

だが確かに、男の声が聞こえたのだ。それもちょうど、子供たちのいる辺りから。

「今のは、もしかして」

「いや、ここは結界の中だ。こちらが招き入れない限り、容易に入れるはずはない……」

言いながら、千寿はハッと目を見開いた。彼の視線の先では夜がまだ、拾い物のホゲモンバッジをピコピコ鳴らしている。

「まさか、そのピカ虫……」

千寿が言い終わらないうちに、夜の手の中でホゲモンバッジがピカーッと光った。

光から顔を背けたが、あまりの光量に目を開けていられなくなる。

「和喜……！」

すぐ間近で、千寿の呼ぶ声がした。和喜も千寿の名を呼んで、手を伸ばす。

けれどその手はどこにも行き当たらないまま、和喜はふらりと身体が傾ぐのを感じた。


「かあさまぁ」

「和喜！」

子供たちと千寿の声がする。もう朝か。今朝の食事当番はどっちだっけ。

「かあさま……」

子供たちが泣いている。ぐずったり、我がままを言ったりする時の泣き方ではない。恐怖の中、助けを求めるようなその声に、和喜はハッとした。

たちまち意識が覚醒する。目を開くと、そこは自宅のベッドではなかった。

「和喜！」

安堵交じりの千寿の声がしたが、それはずいぶん遠くから聞こえた。

和喜は何が何だかわからないまま、辺りをぐるりと見回す。自宅どころか、屋内ですらなかった。

「ここは……」

草木の一本もない荒涼とした岩の大地が、どこまでも広がっている。空は灰色で太陽が見えなかった。

「千寿さん、どこですか」

三百六十度、どこを見ても誰の姿も見当たらず、和喜は不安になって呼びかけた。

「和喜。こっち、上だ」

声のする頭上を見上げ、あっと声を上げた。千寿が地上三階ほどの高さで浮いているではないか。千寿は、丸くて薄い透明の、シャボン玉の膜のようなものの中にいた。

目覚めた和喜に遠くからしか呼びかけられないところを見ると、彼はその膜から出られないのではないか。和喜が倒れているのを、放っておける人ではない。

「かあさま！」

雪の声がして、和喜は後方を振り仰いだ。そこには三つ子がいて、やはり透明の丸い膜に閉じ込められていた。

「めーさい。かあさま、めーさい」

夜がぶるぶる震えながら泣いている。そういえば意識を失う前、夜が駐車場で拾ったホゲモンバッジが突然光ったのだった。あれからどうしたのだろう。

「大丈夫だ。夜のせいじゃない」

離れた場所から、千寿が息子を慰めるように優しく声をかけた。

「あれは親父の罠だったんだ。結界を自力ですり抜けることはできないから、自分の身体の一部をおもちゃに擬態させ、子供たちにわざと拾わせた。陰湿なあの男のやりそうなことだ」

「自分の失態を人のせいにするとは。私の息子とは思えん、小さい男だな」

その時、皮肉げな声が割って入った。千寿の隣に、音もなく一人の男が現れる。

それが千寿の父、五百紀だと、誰に教えられるでもなく和喜は理解した。

何しろ、千寿や百王丸にそっくりだったのだ。

千寿の父だから二百歳は軽く超えているはずだが、人間の感覚では三十代の半ばか後半といった年格好に見える。

千寿は金の髪だが、こちらはけぶるような白髪に金色の瞳をしていた。すっきりと短く整えられた頭に、白く尖った狐の耳が見える。着物の後ろから、これも真っ白で立派な尻尾が見えた。

美しい顔立ちをしているのに、眉間に深い皺が寄っている。そのせいか、いかめしい印象を受けた。

五百紀は現れた時と同様、派手な所作もなく地上に降りてくる。同時に、千寿と子供たちの身体も被膜ごと男に付いてきた。

被膜は地面に触れて一度、ポンと小さく弾んだ。しかし、膜が割れる様子はない。

地上に降りた五百紀がこちらに近づいてくる。和喜は咄嗟に座り込んだまま、立ち上がることができなかった。

「おい！　和喜に手を出したら、ただではおかないぞ」

被膜の中から、千寿が慌てた様子で声を上げる。五百紀はふん、と鼻を鳴らしてそれを嘲笑った。

「ただではおかない？　お前に何ができる。いや、お前の力ならば、その膜を破ることは可能だろうな。だが無理に破ったが最後、その膜は雷となって四方八方に飛散するぞ。妖力のあるお前や私はともかく、半端な人間では生きていられまい」

千寿は悔しそうに歯噛みをして、「卑怯だぞ」と父を睨んだ。

「卑怯？　結構。ならばお前は、間抜けといったところか。生まれついての力に慢心しているから、こんなことになるのだ。それだとて、魂を人間などに分け与えたりしなければ、この場を切り抜ける方法もあっただろうにな」

五百紀は言って、ちらりと和喜を見る。和喜だけ何の拘束もないのは、妖力を持たない人間だからだろう。

千寿は和喜に、自らの魂を分け与えた。そうしなければ和喜が生きられなかったからだが、そのせいで千寿の妖力も半分になってしまった。

それでも、総領を務められるくらいには強いと千寿は言う。

百王丸の力を百とするなら、もともとの千寿の力は千。半分になったから、今は五百といったところか。

五百紀は、百王丸に勝る力を持つという。もしかすると、今の千寿とは五分五分かもしれない。

数歩離れた場所から自分を睥睨する男に、和喜はぐっと顎を引いた。竦みそうになる自分を叱咤し、身体を動かす。正座をして、相手に頭を下げた。

「お義父様、初めまして。和喜と申します」

たとえ関係を認められていなくても、相手は千寿の父だ。だから挨拶をしたのだが、それを聞いた途端、五百紀のこめかみに青筋が浮かんだ。

「誰がお義父様だ。人間風情が！」

ビリッ、と身体に電流が走った気がした。

「……っぅ」

呻く和喜に、千寿が悲痛な声を上げる。

「和喜！　貴様、もし和喜を死なせるようなことがあったら、一族もろとも貴様を嬲り殺しにしてやるからな」

千寿の声には、本物の怒りと憎悪が込められていた。ただならぬ千寿の様子を見て、一度は泣きやんでいた子供たちが再び泣き出した。

「めーっ」

「かあさまととおさま、いじめちゃ、めーっなの！」

泣き声に、悔しさと怒りが交じっている。いけない、と和喜は慌てた。

三つ子たちは以前、和喜が危険に晒されていると勘違いして、暴走しかけたことがあった。子供たちの力は千寿を凌いでいる。それが三つ合わされば、妖狐の世界で敵う者はいないだろう。

　しかし、子供たちはまだ幼く、力を自分でコントロールすることができない。力を暴走させるとどうなるのか、誰にもわからなかった。

　それに、彼らを覆うあの被膜が破れたが最後、雷となって周囲を攻撃する。和喜はもちろん、子供たちも無事では済まないかもしれない。

「雪、夏、夜！　俺は大丈夫。いじめられてないよ。すぐに出してあげるからね。それまで三人とも、いい子にしててくれる？」

　和喜は努めて明るい声を出す。三人はまだベソをかいていたが、怒りは和らいだようだった。

「親父、いや総領」

　千寿も、ただ怒っていても事態は好転しないと考えたのか、感情を押し殺した声で呼びかけた。貴様、と怒鳴っていた相手にへりくだるのだから、相当な自制が必要だったはずだが、千寿は瞬時に自分の感情をコントロールしたようだった。

「ここで和喜を傷つけても、誰も望まない結果になるだけだと思うがな。あなたは何がしたいのだ」

　いつもと変わらない、静かな声音を取り戻していて、和喜はこんな時なのに感心する。

　五百紀はしかし、「ふん」と苛立ったように鼻を鳴らした。

「何がしたいかなど、決まっているだろうが。さっさと子供を連れて、こちらの世界に戻ってこい。お前の妻は、お前の帰りをずっと待っているのだぞ。三つ子が生まれたと聞いて、喜んでいる」

和喜は驚いて、「えっ」と声を上げてしまった。

妖狐の習性は知っている。妖狐には男しかおらず、人間に子供を産ませた後で男の妖狐を娶(めと)って夫婦になるのだという。和喜をパートナーにしなければ、千寿も今頃は妖狐の世界に戻って、同じ種族の男性と夫婦になっていただろう。

そのことを知ってはいたが、しかし、今の五百紀の口ぶりはまるで、すでに千寿に妻がいるようだった。

「妖狐の妻などいない。俺の伴侶は和喜だけだ」

千寿がすぐさま否定する。ホッとしたのも束の間、五百紀がそれを、「とぼけたことを」と、一笑に付した。

「お前にはすでに、非の打ちどころのない妖狐の妻がいるだろうが。そんな話が通ると思っているのか」

五百紀が「すでに」というところを強調する。千寿は目を剝いた。

「妻などいないと言っているだろうが。百弥(ももや)のことなら、親父が勝手に進めていただけだ」

「情けないぞ、千寿！」

千寿の言葉は途中から、和喜に向けられていた。さらに何か言おうとするのを、五百紀が遮(さえぎ)って恫喝(どうかつ)した。

「次期総領ともあろう者が、情けない。自分にすでに妻がいることを偽って交際していたとはな。ただの許嫁だというなら、なぜ伴侶だという人間に言っておかなかった。誠意がないだろうが」

千寿は何か言おうとしたが、五百紀は反論させなかった。淀みなく言葉を発し続ける。

「結局お前は、誰にでもいい格好をしているだけなのだ。通すべき筋を曲げて、自分に都合のいいことばかり通そうとする。形ばかりと言いながら、お前は百弥に贈り物を与えた。百弥はな、お前からもらった守りを首飾りにして、今も大切に身に着けている。夫が無事に早く戻ってきますようにと、毎日その守りに祈っているのだ」

「な……」

千寿が愕然として言葉を失い、和喜は何を信じていいのかわからなくなった。婚約者がいたなんて、千寿の口からは一度も聞いてない。

それに千寿の今の反応からして、許嫁に大切な贈り物をしたというのは本当なのだろう。

和喜に出会う前だから、仕方がない。

頭ではわかっているけれど、その人が今も千寿の帰りを待っているという事実が、和喜の胸を焦がした。

「それでも、俺の伴侶は和喜だけだ。本当に心を通わせた相手は、彼しかいない。……和喜、この男の言葉に惑わされないでくれ」

千寿の真っ直ぐな声がして、和喜は我に返る。同時に、「とーさま、かーさま」と子供たちの涙声が聞こえた。

　そうだ、過去のことは知らないが、自分たちには共に過ごした時間がある。心を通わせ、生か死かの決断を迫られ、悩んで、そして子供が無事に生まれた。

　五百紀が何と言おうと、この時間は真実だ。千寿に過去のことを問い質（ただ）すのは、いつでもできる。和喜は千寿を見つめ返して、大きくうなずいた。

「わかってます。千寿さんと、子供たちと過ごした時間は、誰にも否定できません」

　振り返って五百紀を見据えると、彼は忌々（いまいま）しそうに舌打ちする。

「総領殿。この通り、真実をすり替えて我々を引き離そうとしても、容易に壊れるものではない。しかし、総領殿の言うように、こちらが一族の慣例から外れ、勝手をしているのも承知している。総領たるあなたには、そのうち話さなければならないと頃合いを見ていたのだ。決して逃げていたわけではない」

　和喜の信頼を得て、千寿はまた一段、落ち着いたようだった。

　態度は毅然（きぜん）としていて、威厳すら感じられる。それでいて、総領である五百紀を立てようという気遣いも感じられた。

（さすが千寿さん）

　五百紀に油断はできないけれど、千寿のこうした落ち着きぶりは頼もしい。父の様子を見て、子供たちも少し落ち着いたのか、涙を引っ込めた。

「話をさせてもらえないか、総領殿」

「話すことなどない。人間を伴侶にするなど、一族の長として認めるわけにはいかぬ。このままお前が人間界にとどまることも許さない」

　これに対し、五百紀は木で鼻を括ったような答えだった。和喜は思わずムッとしてしまったが、千寿は顔色を変えなかった。

「それでは話は平行線だ。総領殿の望みは、今すぐ俺が和喜を捨て、子供たちと妖狐の世界に戻ることだろう。俺とてそのようなこと、和喜の伴侶として、子供たちの親として認められるものではない。このままお互い、強固な姿勢を貫くのは得策ではないと思うが」

「いいや、そうでもない」

　五百紀はきっぱりと言った。やけに自信ありげな口調だった。

「策ならある」

　嫌な予感がした。千寿も表情を硬くして相手を睨む。

「和喜や子供らに何かしたら……」

「ただではおかないのだろう？　私も命が惜しい。それに、長としてこの世界を守らなければならないからな。だから、子供たちと人間には手を出さん」

　にやりと笑う。最後の言葉の意味に気づいて、和喜と千寿は同時に顔を見合わせた。

「千寿さんっ」

「そこを動くな、和喜。俺は大丈夫だ」

「仲がいいのは今だけだぞ。そうだ、千寿よ。仕置きを受けるのはお前だ。だが結果として人間と子供たちにも罰が与えられ、お前は私の手元に戻ってくるだろう」

預言者のように厳かに、五百紀が言う。仕置きとはどういうことなのか。彼の言葉の意味がわからない。

何をする気だ、と身構えた時、千寿の周りを覆っていた膜が光り始めた。まるで水が器を満たすように、光に覆われていく。

「千寿さんっ？」

「とーさま！」

慌てる和喜と子供たちに、膜の内側にいる千寿は微笑みかけた。

「大丈夫だ。命までは奪われない。和喜……」

千寿はなおも何か言おうとし、それを見た和喜も膜に近づこうと腰を浮かしかけた。

しかしその前に、光る膜がさらに強く、輝きを増した。

マンションでホゲモンバッジが光った時と同じだ。あまりの光の強さに、目を開けていられなくなる。

「とーさま、かーさま」

子供たちの呼ぶ声を、聞いた気がする。

けれど、最後に耳に届いたのは、五百紀の不敵な笑い声だった。

「あちらの世界で、せいぜいもがくがいい」

それを聞いて、和喜の意識は再び遠のいた。

その後、どれくらいの時間、意識を失っていたのかわからない。次もやはり子供たちと、千寿の声で目が醒めた。

「かーさま、かーさまあ」

「おい、母様って……」

必死な子供の声と、困惑したような千寿の声。よかった。みんな無事だ。

がばっと跳ね起きると、果たしてそこに、千寿と子供たちの姿があった。

「かーさま！」

子供たちが一斉に飛びついてくる。三つの温もりに、和喜は思わず涙ぐんだ。

「よかった。本当によかった」

周りを見回せば、そこは妖狐の世界ではなく、元いた自宅マンションのリビングだった。

いったい、あれからどうなったのか。わけがわからないが、とにかくみんな無事なのだ。

「千寿さんも無事で……」

よかった、と涙目で伴侶を見る。当然、千寿も喜びの表情を浮かべていると思ったのに、そこにあったのは眉間に皺を寄せた、険しい顔だった。

「よくないだろう。これは、どういうことだ」

「千寿さん？」

和喜はそこでようやく、千寿の様子がおかしいことに気がついた。

容姿に特段の変化はない。千寿は今日、買い物に出る際に人間の姿を取っており、それは五百紀に拉致(らち)されて気を失うまで変わらなかった。

しかし和喜は今、目の前の夫に強烈な違和感を覚えていた。

何よりおかしいのは、和喜と子供たちを見る、その眼差しだ。

まるで他人を……それも不審者を見るような目で見ている。まるで和喜や子供たちが、千寿に迷惑でもかけているかのようだ。

それがあまりに剣呑で、和喜はたじろいでしまった。

「お前たち、どうやってここに入ってきた？」

質問の意味がわからなかった。というか、それは和喜も知りたい。千寿を覆う膜が光ってから、気を失うまでに何があったのか。

だから答えられずにいたのだが、その態度に苛立ったのか、千寿の眉間の皺がさらに深くなった。

「ここは俺の家だぞ」

「はあ……」

そんなの知っている。曖昧(あいまい)にうなずくと、千寿は軽く舌打ちした。わけがわからない、というように頭を振る。

「何なんだ、いったい」

迷惑そうにこちらを睨む。

「お前……いやお前たちは誰だ？」

えっ、と和喜は声を上げた。その足に、子供たちがぎゅうっとしがみついた。

二

どうやら千寿は、記憶を失っているらしい。

何度か嚙み合わないやり取りを続けた後、和喜はようやく気がついた。

「お前、うちの大学の一年生だよな？　確か、一ノ瀬っていったか。この間、サークルに入ってきた」

確かに和喜は一年生の時、千寿会いたさに、彼のいるオールラウンド系サークルに入会したことがあった。しかしそれはもう、二年も前のことだ。

その後、サークルの飲み会の帰りに成り行きで彼に抱かれ、子供を身ごもったのだが、そこから今日に至るまでの記憶がごっそり抜け落ちているようだ。

しかも、彼の場合はただ記憶がなくなっているだけではなかった。

「ああもう、ぴゃーぴゃーうるさい。まったく、何なんだ。子供にコスプレまでさせて、動物まで連れてきて」

雪と夜に狐の耳と尻尾があるのを、コスプレだと勘違いしている。子狐の姿の夏に関しても、犬なのか狐なのか判断が付きかねているようだった。

それに先ほど、和喜が「子供たちは、千寿さんと俺の子供で」と言った時、千寿は正気を疑うような目でこちらを見た。

今の千寿はおそらく、妖狐が人間の男性を孕ますことができるのを知らない。というより、妖狐の存在そのものを知らない。

人間の姿を取っていることといい、もしや彼は、自分を人間だと思っているのではないだろうか。

(これは、五百紀様の仕業なんだろうな)

和喜は胸の内で呟く。

どうしてこんな事態に陥ったのか。思い当たるのは、ただ一つだけだ。

——あちらの世界で、せいぜいもがくがいい。

意識を失う直前、五百紀がそう言ったのを聞いた。千寿に罰を与えることで、結果的には和喜や子供たちにも罰が与えられ、そして千寿は五百紀の手元に戻ってくるだろう、とも。

「おい、聞いてるのか？　どういうつもりだ。どうやってここまで入った？」

何も答えない和喜に、千寿は苛立っている。

千寿からすれば、ただの顔見知りに過ぎない和喜が、いきなりコスプレ幼児と動物を連れて家に押しかけたように見えるのだろう。

どうやってか千寿の自宅を特定し、いつの間にか室内に侵入した和喜の存在は、彼からすれば不審者なのに違いない。

千寿の苛立ちの表情の中に、戸惑いとわずかな怯えが見て取れた。

どうしたものか。目の前に広がる光景を見て、和喜も困惑していた。

「と！」

「ぴゃ、ぴゃーっ」

「雪ね、のどかわいた」

子供たちは、てんでバラバラに騒いでいる。千寿は和喜が状況を説明するのを待っている。もはや、どこから手をつけたらいいのかわからない。

「おい、何とか言え。警察を呼ぶぞ」

「と？」

「みゃっ、うみゃぅ！」

「ね、夏もジュースのみたいよね。ねえ、かあさま……」

「もう――少し静かにしなさいっ！」

頭の中で何かが爆発して、気づいたら叫んでいた。しん、とその場が静まり返る。

子供たちが固まるのを見て、和喜は言いようのない罪悪感に襲われた。

感情に任せて、怒鳴ってしまった。

今までも、騒ぎまくる子供たちに苛立って、怒鳴ったことはあった。でも、こんな風に、子供たちが慄くほどヒステリックに叫んだことはない。

「――ごめん」

何だか自分がひどい人間になったような気がして、自己嫌悪に陥った。

でも、和喜だって途方に暮れているのだ。

恨めしい気持ちと罪悪感が混ざり合い、頭の中がぐちゃぐちゃになった。

どうすればいいのだろう。千寿にどう説明すればいいのか。千寿が妖狐で、三つ子が二人の間の子供だなんて、普通の人が信じられるわけがない。

彼が納得しなかったら、警察を呼ばれて、子供と一緒に追い出されてしまう。

何で千寿は、大事なことを忘れてしまったのだろう。本当に五百紀の仕業なのか？　許嫁なんて聞いていてない……。

「……っ」

まともに考えられなくなり、和喜はその場にしゃがみ込んだ。泣いてる場合ではないのに、涙が溢れて止まらない。

どうしよう、どうしよう。

「め……めーさい」

その時、震える声がした。顔を上げると、夜が泣きながら頭を下げる。

「めーさい。かあさま、とおさま、めーさい」

謝りながら、身体がぶるぶる震えていた。

「夜……」

さっき大変なことが起こったのを、夜は自分のせいだと思っている。千寿は「お前のせいではない」となだめたけれど、まだ気にしていたのだろう。

雪と夏はそんな夜を見て、じわりと涙をためた。

「みゃ……」

「雪も、めーさい。のど、かわいてないよ」

和喜は立ち上がると、三人を抱き寄せた。子供たちは和喜にぎゅっとしがみついてくる。

「俺も、怒鳴ってごめんね。でも今、千寿さんと大事な話があるんだ。三人とも、ちょっとだけ我慢して静かにしててくれる？　すぐにお茶を出してあげるからね」

今ここに、頼れる伴侶はいない。千寿は、今の彼は家族を守ってくれない。

（俺がしっかりしなくちゃ）

和喜は自分自身に言い聞かせた。三つ子を抱きしめると、意を決して顔を上げる。

千寿が戸惑った表情でこちらを見下ろしていた。目が合って、じっと見つめ返すと、相手は居心地が悪そうに身じろぎする。

大丈夫、と心の中でもう一度、自身に言い聞かせた。

記憶がなくても、千寿は千寿のはずだ。クールに見えるけれど、本当は情が深い。話してわからない相手ではない。

「千寿さん。あなたが戸惑うのはわかりますが、俺も戸惑ってます。この子たちが何者なのか、俺たちがどうやってきたのかとか、疑問はあるでしょうけど、お互いの状況を把握するために、話をさせてもらえませんか」

相手の目を真っ直ぐに見て、真剣に話しかける。千寿は和喜の言葉を反芻するように、一瞬、瞳を彷徨わせた。

「――わかった」

了承の返事があって、ひとまずほっとする。

「とにかく、どこかに座るか」

と、千寿はダイニングテーブルに座った。和喜も勧められたが、「いえ、俺はここで」と固辞する。子供たちに静かにしていて、と言ったが、すでに落ち着きがなく、ぐねぐねモゾモゾし始めている。放っておくと、またすぐ騒いだり暴れたりし始めるだろう。一人なら膝に乗せておけるが、三人は無理だった。

そう思って座らなかったのだが、千寿は怪訝な顔をする。以前の彼なら、何も言わなくても和喜の意図を理解したはずだ。一緒に子育てしてきた記憶も、本当に何もかもなくなってしまったのだなあと、切なくなった。

しかし今は、嘆いている場合ではない。千寿に現状を理解してもらわなくては。

何から話そうか。人間の千寿に、何を言えば一番、納得してくれるだろう。

考えて、一つひらめく。和喜は斜め掛けしていたデイパックから、自分の学生証と保険証を取り出した。印刷された文字を確認して、安心する。ここは五百紀に改変されていない。

「まず、俺と子供たちの住所はここです。これが証拠」

学生証には顔写真が付いているし、保険証にはこのマンションの住所と、保険証の交付日が書かれている。

「交付日は去年になってますよね。俺はずっと……正しく言えば大学一年の冬から、ここに住んでます」

一階にいるコンシェルジュのところへ行けば、和喜の言葉を裏付けてくれるだろう。子供たちのことも知っているはずだ。もっとも、千寿のように記憶が操作されていなければ、の話だが。

「その二枚、手に取ってみていいか」

「どうぞ。よく見てください。偽造なんかじゃありません」

千寿は釈然としない顔をしていたが、感情的になることはなかった。和喜から学生証と保険証を受け取ると、何度も二枚のカードの文字を見比べる。紙の材質を確認したり、照明にかざして透かしたりしていた。

「日付が進んでる」

やがて、呆然とした声で言った。さっき、千寿は和喜のことを、「うちの大学の一年」と言っていた。

「そこに書いてある通り、俺は今、大学三年生です」

千寿はそこでようやく、自分の記憶が飛んでいることを理解したのだろう。変化を探すように、自分の手足を検分していた。

「一ノ瀬だったか。お前が三年生なら、俺は四年生か。二年近く、ルームシェアしてるってことだよな」

さて、何と説明したものか。そもそも妖狐の千寿は、子作りのために人間界に行き、人間の学生のふりをしていた。だから、和喜と出会った当時すでに、一年留年していたし、就職という概念はなかったはずだ。人間の千寿の記憶は今、どうなっているのか。

「和喜と呼んでください。えっと、千寿さんは今、大学生ではありません。俺が二年生になった年に、大学を中退してるんです」

「子供ができたから、大学辞めて就職したってことか？」

中退、と聞いて千寿がショックを受けた顔をした。和喜は「いえ」と言葉を探したが、うまい言い方が見つからない。

「就職はしてません。特に、外で働いたりはしていないというか……」

働く必要はなかったし、三つ子を育てるのに、働くどころではなかった。千寿と傀儡が頑張ってくれていたから、和喜はまだ学生を続けられていたのだ。世の多胎児の親は、この大変な時期をどう過ごしているのだろう、といつも思う。

「え……ニートってことか？」

千寿はさらに、ショックを受けていた。和喜は迷いながらも、子供たちを示した。

「違います。千寿さんはニートじゃありません。あえて言えば、主夫かな？　この子たちを育てたんです」

は？　と小さく呟くのが聞こえた。

「状況がまったく理解できないんだが。俺が、子育て？　双子の？」

正しくは三つ子なのだが、夏が子狐のままなので、勘定に入らないのは仕方がない。

「その前に、俺も質問させてください。千寿さんの今ある記憶の中で、千寿さんの生い立ちっていうのは、どうなってるんですか」

「生い立ち？」

「たぶんですけど、俺が知ってる千寿さんの生い立ちと、今の千寿さんの記憶とは違いがあると思うんです。千寿さん、ご実家はどこですか。何県にあるんでしょう」

千寿は意表を突かれてポカンとした。

「俺の実家がどこかって、それは……」

そんなわかりきったことを聞くな、という苦笑いが、すうっと消えていく。

「あ、れ？　……俺は」

「思い出せないんですね」

記憶が作り変えられていなくて、安心した。偽の記憶が用意されていたら、説明がさらに面倒になる。五百紀の妖術がどの範囲に及んでいるのか、まだわからなかった。

「じゃあ次に、ご家族のことを教えてください。お父さんとお母さんのお名前を」

「母親はいない。父は五百紀だ。祖父がいて……」

「お祖父様のお名前は、百王丸ですか」

「そうだ。知ってるのか？」

「何度かお会いしてます。お父様にも。お祖父様は、五十がらみのイケオジって感じでしたよね。お父様の五百紀さんは、顔立ちは千寿さんによく似ています。若作りで、三十代後半くらいに見えました」

「え？　ああ。そうだ……」

千寿も彼らの姿を思い出したようだ。二人とも、妖狐の姿でしか会ったことがないが、千寿の中ではどういう姿で再生されたのだろう。

「お祖父様とお父様の髪の色は、何色でした？」

試しに、そんな質問をしてみる。千寿は混乱する頭を抱えて、必死で考えているようだった。

「お祖父様は真っ黒で白髪の一本もない。父は白……白髪？　……いや、あれ？」

百王丸と五百紀の姿は、和喜の記憶と同じらしい。つまり、妖狐の姿だ。

二十代の千寿の父が、どう見ても三十代であること、しかも完璧な白髪であるというのは、妖狐ならば特に不思議はないが、日本人にしては珍しいのではないだろうか。

妖狐の千寿と人間の千寿、その記憶のひずみを突いたために、妖狐の千寿の記憶がよみがえったのかもしれない。

　ならば、千寿の記憶は完全になくなったわけではない。彼の中に眠っているはずだ。

「……祖父と父の姿を思い出そうとすると、急に曖昧になる。今一瞬、はっきりと頭に浮かんだ気がしたんだが」

　しかし、千寿が呆然とした様子でそんなことを言ったので、期待が落胆に変った。

　都合の悪い記憶は、思い出してもすぐに忘れるようになっているのだろうか。

「一瞬でも思い出したのなら、記憶は千寿さんの中に残っているはずです。忘れているだけで、なくなったわけではないんでしょう」

　慰めるように言うと、千寿は少しホッとした顔をした。彼もまた、自分の記憶が欠けていることを知って、途方に暮れているのだ。

「千寿さんの記憶喪失の原因も、おおよそわかってはいるんです。ただ、病気とか怪我ではなくて、今は説明しても混乱するだけなので、この説明は、後回しにさせてくれませんか」

「あ、ああ」

　千寿が従順にうなずく。このわけのわからない状況で、もっとも多くの情報を握っているのが和喜だ。彼もそのことに気づいたのだろう。

　まだ完全に不審を拭えたわけではなかったが、先ほどよりはずっと、和喜の言葉を受け入れてくれているようだった。

「俺は一年の時、キャンパスで気分が悪くなっているところを千寿さんに助けられました。それで千寿さんのファンになって、あなたと同じサークルに入ったんです。ここまでは、千寿さんも憶えてますよね」

「ああ」

「じゃあ、一年の秋頃、サークルの飲み会であなたが酔っぱらって、俺がこの家までタクシーで送り届けたのは？　ちなみにその時、俺はここで初めてあなたに抱かれました」

最後の言葉に、千寿の肩がびくりと揺れた。真実を探るように、和喜の顔をまじまじと見つめてから、小さくかぶりを振る。

「それは……憶えていない。……すまない」

いいんです、と和喜も頭を横に振る。想定していた答えだったから、それほどショックではなかった。

「自分が男の俺を抱いたってところは、驚いてないんですね」

「一緒に住んでるっていうから、そういう関係なのかなと思ってた。俺はバイだしな。サークルの男子メンバーと寝たのも、初めてじゃない」

サークルにいた頃、千寿の噂は聞いていた。彼女をとっかえひっかえして、たまに男にも手を出しているのだと。

それもこれも、人間に子供を産ませるためだ。彼自身はそうした行動に飽き飽きしていて、自分が種馬になった気がして嫌だと、和喜を抱いた夜にぼやいていた。

だから今さら、お前が初めてじゃないと言われてもどうということはないはずなのだが、千寿の言葉はちくりと和喜の胸を刺した。

彼の許嫁のことがまた、頭をよぎる。小さく頭を振って、動揺を追い出した。

「そんなわけで、俺と千寿さんは一度だけ勢いで寝て、でもその時はそれだけでした。恋人ってわけでもなかった。ここまでは、信じてもらえますか」

あえて確認すると、千寿はうなずいた。

「俺のやりそうなことだからな」

「問題はここからです。話しても信じてもらえるかどうかわかりません。俺が千寿さんだったら、信じないかな」

「この子供が、俺とお前の子供だってことか？」

「そうです」

千寿は子供たちと和喜を見比べて、すぐに「ないな」と答えた。

「仮に、人工授精と代理出産で『俺たちの子供』っていうのを作るにしても、だ。この子たちはいくつだ？　いろいろ年数が合わない。里親って可能性もあるが、無職の俺と学生のお前で、受け入れの審査が通るとは思えないな」

一瞬にして、いくつかの可能性を吟味し、判断を下したらしい。俺たちの子です、という言葉を頭ごなしに否定するのではなく、冷静に考えてくれたのだ。

「普通に考えれば、そういう可能性もあるんですが。俺がこれから言おうとしてるのは、もっと非常識でぶっ飛んだ話です。けど、その前に」

和喜は腕の中でモゾモゾしている子供たちを見て、ふと思いついた。

「千寿さん。この子たちを抱っこしてみてくれませんか。耳と尻尾、気になるでしょう」

百聞は一見にしかず。耳と尻尾がコスプレでないことを、確認してもらおうと考えたのだ。

「夜。とおさまに抱っこしてもらって」

一番、落ち着きがなくなっている夜に言うと、夜はこくっとうなずいて、トコトコと歩いていった。千寿の前に来ると、「う」と両腕を伸ばす。

千寿は恐る恐る、夜の腋に手を入れて抱き上げた。すると夜が、ぎゅっとしがみついてくる。

「うおっ」

「千寿さん、お尻に手を添えてください。こうです、こう」

いつまでも夜の下半身がぷらんと下がっているのを見て、和喜は雪を抱っこしてお手本を見せる。

「えっ、こう、か？　しかし、子供って軽いな」

ずっと抱っこしていると、子泣き爺みたいにどんどん重くなってくるのだが、最初に抱き上げた感想はそんなものらしい。

「尻尾と耳に触ってみてください。危ないから、ソファに座って」

「……ああ」

指示すると、やっぱり恐々した手つきで、千寿は夜の耳をつまんだ。途端、ピピッと夜の尖った耳が震える。

「わっ。ええっ？」

驚いて手を離し、また耳に触れる。ピクピク動く耳を指でつまむと、夜がイヤイヤと頭を横に振った。

「う！」

「くすぐったいそうです」

「何でわかるんだ。っていうか、どうなってるんだ？」

千寿はただひたすら驚いて、耳の中を覗いたり、夜の髪を掻き上げたりしていた。人間ならば、こめかみの下に耳が付いているが、夜のそこには当然、何もない。

「……本当に？」

「尻尾も触ってみてください。種も仕掛けもありませんよ」

和喜が言うと、興味を引かれたように、千寿は夜の尻尾に触れた。

「モフモフしてる」

本当は自分にも同じものが付いているのだが、千寿は毛触りが気に入った様子で、しきりに尻

尾をモフモフしている。

「や」

さんざん弄られて嫌になったのか、夜が尻尾を振った。ぺしっ、と毛の先で手を叩かれて、千寿は驚いたように目を瞬く。

「本当に本物なのか？」

「本物です。後でお風呂に入れる時、裸の子供たちも見てください。ちなみに、犬ではなくて狐で、双子ではなく三つ子です」

「え……ええ？」

和喜が子狐のままの夏を持ち上げて言う。千寿は新たな情報に付いていかれないようだった。

「この子たちは妖狐で、父親はあなたです。妖狐は男しか存在しないので、人間と交わって子供を産ませるんです。我々の常識で言う妊娠とは違うので、借り腹は男でもいいんだそうで。サークルの飲み会の後、俺はここであなたに抱かれて、その結果、この子たちができたんです」

畳みかけると、千寿は「ちょっと待ってくれ」と、焦った半笑いで制した。

「いや、それはさすがに……」

信じられない。けれど千寿がそう言いかける前に、夜が「ぃぷしっ」とくしゃみをした。

夜の身体が、千寿の腕の中でポン、と子狐の姿に変わる。

いつものことなので、夜は気にせず前足を舐めたりして毛づくろいを始めたが、千寿は目の前で起こったことに呆然としている。

次々に信じがたい現実を突きつけられて、言葉も出ないようだった。

「疲れましたよね。お茶でも飲みましょうか。子供たちにも飲み物を出さないと」

休憩しようと提案すると、千寿は黙ってこくりとうなずく。

寄る辺を探すような、縋るようなその目に、和喜は千寿が気の毒になった。


「——つまり、こんな事態になったのは、わからずやの俺の父親のせい、というわけか」

千寿は言って、温かいほうじ茶に口を付けた。ゆっくり飲んで、ほっと息をつく。記憶を失う前も、千寿はほうじ茶が好きだった。好みは変わらないようだ。

三つ子はというと、リビングのソファの上でお昼寝中だ。傀儡たちが見守りをしてくれている。

そう、出掛ける前に千寿が子供たちに付けてくれた傀儡は、主が記憶を失った後も健在だった。

五百紀がいる間は、どうすることもできず身をひそめていたのだろう。先ほど、休憩を決めた直後、モゾモゾと子供たちのポケットから出てきた時には驚いたが、孤立無援だと思っていた和喜にとって、泣きたくなるくらい嬉しいことだった。

一方の千寿は、傀儡がチョコチョコ動き回るのを見て、目が点になっていた。

和喜はひとまず、子供たちに飲み物をあげたりトイレに行かせたりして落ち着かせた後、傀儡に子守りを頼んで千寿とダイニングテーブルに移動した。

それからほうじ茶を飲みつつ、このマンションでの同居生活の始まりから、現在に至るまでの経緯をざっと話して聞かせた。

できる限り簡潔に、淡々と説明したつもりだ。千寿も、子供たちの耳と尻尾や子狐姿への変化に続き、傀儡をその目で見たせいか、いちいち非常識だ非現実的だと突っかかることなく、最後まで話を聞いてくれた。話が進むにつれ、どんどん表情がゲッソリしていったが。

「千寿さんから聞いていた妖狐の世界の慣習からすれば、お父様が反対するのは当然なんですけどね。根回しをして報告に行く前に、こんなことになってしまって」

これからどうすればいいのか、和喜にもわからない。百王丸と連絡が取れればいいのだが、千寿の使っているホットラインを和喜が使えるかどうか、わからなかった。

お金のことも心配だ。今までは、千寿が共通の銀行口座にまとまったお金をプールしてくれていて、そこから人間界で必要な日々の生活費を出していた。

そのお金は、元をたどれば千寿の妖力から供給されていると、本人から聞いたことがある。人間界の物質の均衡を崩さないように、千寿の妖力を日本円に換金しているとか、そんなふわっとした説明を受けた。

つまり、このまま千寿の記憶が戻らなければ、資金の供給が絶たれて我が家は資金難になるということだ。

その場合は、千寿と和喜のどちらかが外に働きに出なければならないだろう。一家五人の家計を支えるだけの仕事を見つけられるのか、現状は二人でも大変な三つ子の子育てを、一人と傀儡で担えるのか……などなどと、考え始めると悩みは尽きない。

千寿の記憶も、もしかしたらすぐに戻るかもしれない。銀行口座にはまだ充分にお金が残っているから、今日明日に路頭に迷うわけでもない。お金のことをすぐに考えてしまうのは、和喜が今までお金で苦労してきたからだろう。

「大丈夫か？」

向かいで声がして、ハッと我に返った。千寿の視線とかち合う。いつの間にか、考え込んでしまっていたらしい。

「今の話が本当なら、お前も大変だとは思うが。俺にも何が何だかわからない。話をすべて信じられたわけでもないんだ」

千寿が言う。いまだ戸惑いを隠せない様子だ。それも無理はない。

彼にしてみれば、目が醒めたらいつの間にか時間が進んでいて、好きでもない後輩の男子と同居していた。しかも子供までいて。

（今の千寿さんは俺のこと、何とも思ってないいんだよな）

自分の考えに落ち込んだ。千寿は和喜の話すべてに納得したわけではない。ただ、和喜の説明を覆すだけの情報がなく、うなずかざるを得ないという状況だ。

まあ、いきなり「あなたは妖狐の次期総領です」と言われて、すんなり受け入れる人間はいないだろう。

そういう意味で今の千寿は、ごく普通の人間としての一般常識を備えているといえる。

「千寿さんの戸惑いもわかります。俺も、最初にあなたから『俺の子を身ごもってる』って言われた時は、この人正気かなって怖くなりました」

過去の経験を振り返って言うと、千寿も苦笑いした。

「それは確かに怖い」

「俺も、これからどうすればいいのかわかりません。五百紀様……千寿さんのお父様はたぶん、俺たちがにっちもさっちもいかなくなって、家族が崩壊するのを望んでるんでしょうけど」

和喜たち家族の心がバラバラになった後、千寿と子供たちだけを回収するつもりなのかもしれない。そして人間でも妖狐でもない存在の和喜は、この人間界で一人、長い長い年月を生きなければならない。

それが、五百紀が和喜に与えた罰なのだ。人間の分際で一族の跡取り息子を誑(たぶら)かし、魂を半分も奪った。五百紀からすれば、そんな認識なのだろう。

「家族崩壊なんて、絶対にさせません」

不意に義父に対する怒りが込み上げて、ダン、と和喜はダイニングテーブルを叩いた。千寿は

「お、おう」と戸惑いながら、ソファにいる子供たちを見る。

「子供が起きるんじゃないか」

その言葉に、和喜も我に返って自分を恥じた。気を落ち着かせるために、お茶を飲む。

「千寿さんは、どう思いますか。妖狐の世界に帰りたいですか」

念のため、今の千寿の気持ちも聞いてみる。一方的にこちらの思いを押し付けても、上手くはいかない。和喜の問いに、千寿は困った様子で頭を掻いた。

「そう言われても、俺は人間のつもりだからな。いきなり妖狐？の世界に行けって言われても困る。五百紀って親父のことは、ぼんやりとしか憶えてない。けど、このマンションのことや、大学のことは憶えてる。お前のことも、何となくは。だから、別世界に行くのは嫌だ。ここで生活して、何とか記憶を取り戻したい」

それを聞いて、和喜も少しだけ安心した。

「お互い、協力し合いませんか。千寿さんは記憶を取り戻したい。俺はこのままみんながバラバラになって、お義父様の思惑通りになるのだけは回避したい。目指す道は同じだと思うんです」

「そうだな。俺も記憶はないが、そんな陰険なやり方には反感を覚える。親父の思い通りになるのは癪だ。ただ正直、今の俺は和喜のことを恋人とは思えないし、子供に対しても……申し訳ないが、愛情が湧かないんだ」

最後の方は、ひどく言いにくそうに声が小さくなった。和喜も率直な言葉に胸が痛んだが、緩くかぶりを振る。

「記憶がないんだから、それは当然です。俺もあなたに、父や伴侶として愛せなんて要求しません。でも現状、俺も千寿さんに協力してもらわないと、生活がままならない状況です。千寿さんも、それは同じですよね？　一人で記憶が曖昧なまま放り出されても困るでしょう」

千寿は渋々、といった様子でうなずく。

「だから、ここで一緒に協力し合って生活しましょう。子育ても手伝ってください」

「え、子育て」

育児を要求されて、千寿は慄いている。だが、協力してもらわなくては困る。和喜はつい、前のめりになった。

「そうです。わからなくても、俺が教えます。さっきのクーちゃん……サポートメンバーもいますから、大丈夫。俺も千寿さんの記憶を取り戻す手伝いをします。きっかけになるような場所に案内するとか、思いつく限りのことをしてみましょう。だからどうか、お願いします。このまま俺たちから離れないでください。俺たちと一緒にいてください」

問題の突破口を探すにしても、時間がかかる。それまでに家族がバラバラになるのだけは避けたい。和喜は必死に頼んだ。

「わかったよ」

頭を下げる和喜に、千寿はため息と共に答える。

「他に方法がないものな」

「ありがとうございます」

ひとまず、バラバラになることだけは免れた。和喜は胸を撫で下ろす。

「よかった。千寿さんが出ていくとか、俺たちに出ていけとか言われたら、どうしようかと思った」

半泣き半笑いで思わず言うと、千寿も苦く笑う。

「そんなこと言わない。俺だってどこに行けばいいかわからないし、お前や小さい子供だって困るだろう」

でも、和喜が意識を取り戻した直後の千寿は、怖い顔をしていて、今にもそんなことを言いそうだったのだ。

しかし、千寿は記憶を失っても千寿。きちんと話せばわかってくれる。

「今日からよろしく頼む。育児のことは本当に、よくわからないんだが……」

いきなり子育て、それもケモミミ尻尾の三つ子を相手にするなんて、困惑するのもよくわかる。

それでも、手伝ってもらわなくては。

「安心してください。俺が一から教えます。育児だけではなく、家事もやってもらいますから」

にこっ、とことさら明るく笑ってみせると、千寿は顔をこわばらせていた。

「お手柔らかに頼む。けど、何となく二年近く経ったっていうのは納得したかな」

「どうしてですか」

意味がわからずにいると、千寿は表情を和らげ、いたずらっぽく笑った。

「俺の知っているお前と、印象がまったく違う。俺の知ってる和喜は、どこかオドオドしていて、引っ込み思案だったからさ。キャンパスで見かけても、いつも辛そうにうつむいてたし。それなのに、いつの間にかずいぶん強くなってるから」

確かに、千寿の言う通りかもしれない。彼と出会った当時の自分は、生活に追われて疲弊しきっていた。

変えてくれたのは千寿と、それに子供たちだ。千寿に守られ、大切にされて、疲弊していた心が癒やされた。自分の命を犠牲にしてでも子供を助けたいと思ったのも、千寿に愛されていたおかげだと思う。

記憶を失った千寿に、これまでの経緯は説明したが、男腹であった和喜が子供を産むのは命がけだったこと、そのために千寿が魂の半分を与え、和喜が人間ではなくなったことについては、話していない。

話してもよかったのだが、混乱している相手には、ちょっと重すぎると思ったのだ。

「あまり変わった自覚はないんですけど。ここ数年、いろいろ変化がありましたからね」

今もその真っ最中だ。でもきっと今回も大丈夫。一番大変だったのは子供たちが生まれる時で、それ以上に大変なことなんてもう、ありはしない。……そのはずだ。

本当はまだ、不安でいっぱいだったが、和喜は心の中で「大丈夫」と繰り返して己を鼓舞した。

大丈夫。千寿だって記憶を失っても、協力してくれると言っている。

「そうか。母は強し、ってことなのかな。男だけど」

まるで他人事のように感心する千寿に、一抹の不安を覚えながら、何とか前向きに考えようと必死だった。


遠くでぴーっと、子狐の夜が泣き出すのが聞こえた。他の二人もつられて泣き始める。

何やってるの、と確かめようとしたが、身体がだるい。早く起きなきゃ、と自分に言い聞かせているところで、誰かが控えめに肩を叩いた。

「千寿さん」

喜びにパッと目が開く。けれどそこには、和喜の肩に乗って懸命に起こそうとしている傀儡の姿があった。

「クーちゃん」

傀儡は、あっち、とリビングを指している。示す方角からは確かに、子供たちの泣き声が聞こえてきた。

自分の周りをぐるりと見回して、和喜はため息をつく。

ベッドに眠っているのは、和喜だけだった。子供たちが起き出したことにさえ、気づかなかったらしい。寝室の遮光カーテンの向こうからは、柔らかな陽の光が漏れていた。

時計を見ると、午前七時。和喜はのろのろとベッドを下り、リビングへ向かった。

寝不足で頭が重い。ここ数日、まともに眠れていないのだ。こんなことは久しぶりだ。子供たちが生まれた当初を思い出す。赤ん坊の世話に追われて昼も夜もなく、てんてこ舞いだった。

でもあの時は、大変だけど幸せで、こんなふうに心がささくれ立ってはいなかった。

リビングに向かいながら、ちらりと寝室の隣の部屋を見る。ドアは閉ざされたままだ。子供の泣き声で起きてはくれないだろうかと考えたが、自分も傀儡に起こされたので、人のことは言えない。

「夜、雪、夏。何してるの」

リビングに入って、みーみーわーわー泣いている子供たちに声をかける。子狐姿の夜がダッと走り寄ってきた。和喜の腕の中に飛び込んで、訴えかけるようにミャーミャーと泣く。

「どうし……あ、夜のぬいぐるみ。壊れちゃったのか」

テレビの前には、ぬいぐるみがポツンと落ちていた。無惨にも首がもげ、綿が飛び出している。

子供たちが両腕でやっと抱えられるくらいの、大きなウサギのぬいぐるみだ。夜がお気に入りにしていて、よく一緒に寝ていた。

「みゃーっ」

夏を見て、憤懣やるかたない、といった声を上げる。和喜が夏を見ると、夏はベソをかきながら、プイッと不貞腐れたようにそっぽを向いた。何となく、事情が呑み込めた。

「夏と引っ張りっこしたのか。え、違う？　夏が取ろうとした？」

「夏は、貸してって言ったの」

不貞腐れたまま、夏が言う。それで夜が貸してくれなくて、取り合いになって壊れてしまったらしい。

「でもこれは、夜が大事にしてるやつだからね。夏には夏のネコさんがいるだろ？」

「ネコさん、やっ。ウサさんがいいのっ」

諭してみたが、夏はジタバタと駄々をこねる。夜がまた、みゃーみゃーと泣き出した。はずみで人間の姿に変わったが、自分ではそれに気づかず泣き続けた。

「夜、大丈夫だよ。ウサさんは直してあげるからね」

ベソベソ泣く夜の背中をポンポン、と叩いてあやすと、泣きながらぎゅうっとしがみついてくる。

夏のフォローもしなければならないのだが、手が回らない。すると、一連のやり取りを涙目で眺めて見ていた雪が突然、爆発した。

「夜ばっかり、ずるい。雪もだっこ！」

わーっと泣き出す。和喜は思わずため息をついた。連日、こんなことばかりだ。

千寿が記憶を失ってから数日。今の千寿にとってはほぼ他人の和喜たちと、一緒に暮らすことを承諾してもらったものの、生活が上手くいっているとはいえない状況だ。

（やっぱり、最初に寝室を別にしたのがよくなかったのかな）

まったく起きてくる気配のない千寿に、恨みがましい気持ちを向けてしまう。

最初の日、和喜が子供たちとの現在の生活をざっと説明して、寝室に案内すると、千寿はちょっと困った顔をしていた。

寝室には、特大のローベッドが一つ。ここにみんなで寝ている。といっても、キングサイズを二つ繋げてあるので、五人でも楽々眠れる。

ただ千寿は、憶えている記憶の中ではずっと一人暮らしだったから、突然みんなで寝ようと言われて戸惑っているようだった。

それで和喜は、気を利かせたつもりで、隣の部屋に千寿の寝室を用意したのだ。

千寿も、突然のことで混乱している。いきなり何もかも今まで通りの生活にしても、上手くいかないだろう。和喜も一から関係を構築する心づもりで接しなければ。

そんな風に気負ってみたものの、現実は甘くなかった。幼い子供たちには、「一から関係を……」なんて話は通じない。子育ての日常は待ったなしだ。

いつものように、めいめいに暴れる子供たちの世話をしつつ、さらに千寿に指示を出さなければならなくなった。

今の千寿にとって、育児は何もかも初めて、社会人に例えるなら新入社員、それも入社一日目の状態だ。

右も左もわからず、何がわからないのかもわからない。だから当然、こちらが指示しなければ何もしない。

家事もまったくできなかった。一人暮らしの頃はやる必要のないことだったから、これも当然で、千寿を責めるのはお門違いである。

和喜と出会って同居する以前、掃除や洗濯は傀儡にさせていたらしいし、家では食事らしい食事はしていなかった。妖狐には本来、人間の食事は必要ないのである。

食べ物や飲み物にわずかに含まれる気、特に酒に含まれる酒気などから栄養を摂るそうで、人間の食事はいってみれば嗜好品だった。

これは子供たちも、そして千寿の魂を分け与えられた和喜も同様だ。

妖狐の子供は、母親の生気でできた玉を持って生まれてくる。これをお乳代わりに育ち、玉がなくなった時が離乳になる。それ以降は大人と同じように、食べ物や飲み物の気を摂取して生きる。

ただし和喜たち一家は、子供たちが成人するまで人間界で生きることに決めた。

子供たちはこれから、姿が安定すれば人間に交じり、幼稚園や学校に通うことになる。その時に食事をしないのは不自然だということで、家では人間と同じように、普通に一日三食、食事をしていた。

子供たちが生まれる前の同棲生活中、千寿も普通にご飯を食べるのが習慣化していたせいもある。

生命維持に必要はなくても、食事は一家の生活になくてはならないものだった。

おかげで、最初はおにぎり一つ作るにも四苦八苦していた千寿も、今は簡単な料理ならできるようになっていた。

千寿の作るエピピラフは、子供たちの大好物だ。掃除や洗濯は基本的に傀儡に任せているが、必要とあれば自分でサッと片付けられるし、子供のトイレの失敗などもよく、始末してくれていた。

なまじ、そういう過去の実績があるものだから、今の何もできない千寿を見るとつい、和喜は苛立ちを感じてしまう。

千寿には記憶がないのだから、と何度も自分に言い聞かせ、困り顔で突っ立っているだけの彼に、できるだけ優しく丁寧にやることをお願いした。

それでも、勝手がわからずもたついて、時には失敗もする。気を遣いながらお願いをするより、和喜がやる方がずっと早い。

普段は千寿が担う作業のうち、一割ほどをやらせて、残りは和喜がやることにした。大変だけど、ぜんぶお願いするのはどちらも荷が重い。

結果的に、現在はほぼ和喜のワンオペ状態になっている。

「いっつもいっつも！　夜ばっかり！」

イーッと雪が癇癪(かんしゃく)を起し、夏も床に転がってジタバタ暴れている。

「夜ばっかり、夜ばっかり！　夏もウサさんがいい！」

兄弟二人から一方的に責められた夜は、和喜の腕の中で震えながら「めーさい……」と泣いている。大丈夫だよ、と背中をさすった。

「夜は悪くないよ。それに、夜ばっかりじゃない。雪も夏も、いつも抱っこしてるだろ」

贔屓をしたつもりはないが、抱っこをする腕が四本から二本に減って、子供たち一人ずつに接する機会が少なくなっているのは事実だ。

生活の変化を、親たちがピリピリしているのを、子供たちも肌で感じている。そのせいか、ここ数日の三つ子たちは不安定だ。

不機嫌な時が多いし、ちょっとしたことですぐ泣く。寝る時間になっても、なかなか寝てくれない。夜中に急に起きて泣き出すこともあった。

今まで、三人でじゃれるうちに喧嘩になることはよくあったが、兄弟のうち誰かを妬んで、癇癪を起こすことはなかった。

「何を騒いでるんだ？」

泣きわめく子供たちをどうなだめるべきか、和喜が考えあぐねていた時、ようやく千寿が起きてきた。

「朝から元気だな。こっちの部屋にまで泣き声が聞こえてきた」

千寿が感心したように言う。それを聞いた和喜は、思わずムッとしてしまった。聞こえていたなら、さっさと起きてきてくれればいいのに。

でも、和喜が感情的になったら、千寿も苛立つだろう。今はできる限り、彼との関係を良好なものにしておきたい。

「千寿さん。そこで転がってる二人を抱っこしてもらえませんか」

「二人ともか？　交互に？」

適当に、それくらい自分で考えて行動してくれればいいのに。なんてことを咄嗟に思ってしまった己を反省しつつ、和喜は精いっぱい穏やかな顔を作った。

「できれば、一緒に抱っこしてあげてください。夜ばっかり抱っこしてずるいって、泣いてるので」

「困った子たちだな」

千寿が苦笑しながら、まず雪を抱き上げようとする。けれど雪はゴロンゴロンと転がって父親の手を逃れた。

「や」

「ええ？　抱っこしてほしくないのか？」

「かあさまがいい」

ムスッとした声で言う。千寿は仕方なく、今度は夏を抱こうとするのだが、夏も雪の真似をする。

千寿は肩をすくめ、「どうする？」と、和喜を見た。

「じゃあ、俺が雪と夏を抱くので、千寿さんは夜を……」

「や！」

すると今度は、夜が叫んで和喜にしがみついた。

どうにもならない。ズキズキと寝不足の頭が痛くなった。

思案の末、和喜がソファに移動して千寿に夏と雪を運んでもらい、どうにか三人共を腕の中に納めることになった。

雪と夏は両腕に、夜は和喜の腹にしがみついて、離れない。傀儡に洗濯を任せ、千寿には朝食をお願いすることで、どうにか落ち着いた。

傀儡の数がもっと揃えば、朝ご飯と洗濯と両方を任せられるのだが、三体だけでは一つの作業が精いっぱいだ。それでも、一つ任せられるだけずいぶん助かっている。

「えっと、牛乳を温めてパンを焼く、と。今日もこれだけでいいのか？」

千寿もキッチンに立って、教えた通りに支度をしてくれる。

「はい。それだけでいいので、お願いします」

「子供に毎日パンと牛乳だけって、大丈夫か？　栄養が偏るだろう。もっとサラダとか必要なんじゃないか。タンパク質も足りないし。毎朝、味噌汁に焼き魚とは言わないが、せめて目玉焼きくらい作るとか……」

余計なことを言い始めたので、和喜は自分のこめかみにピクッと青筋が立つのを感じた。

その目玉焼きは、誰が焼くのか。基本的に、こちらの言うことには素直に従ってくれる千寿だが、たまにこうして、どこぞで聞きかじったような余計な意見を物申してくる。

しかも、自分でそれを実行するわけではないので、子供の世話にいっぱいいっぱいの和喜は、じわじわと苛立ちが募るのだった。

「大丈夫です。前にも言いましたが、妖狐の身体と人間は違うので。妖狐の方はエネルギー効率がいいんです。それは子供も同じです」

和喜がピリッとした空気をまとったのが伝わったようで、千寿は「そ、そうか」とやや気圧(けお)されたようにうなずいた。

そのまましばらくの間、黙って朝食の準備をしていた千寿だったが、和喜の顔色を窺いながら、恐る恐るといった様子で口を開いた。

「ところで今日の予定なんだが。ちょっと俺だけ外出してもいいいか」

和喜が首を傾げると、千寿は断られるのを恐れたのか、早口に続けた。

「ここ数日、買い物の時しか外に出ていない。子守りに追われて、俺の記憶の検証は手付かずだ。記憶を取り戻すために、大学へ行ってみたい。大学なら、俺一人でも行けるだろう」

そう言われれば確かに、記憶を取り戻すためのことは何もしていない。子供たちの世話をしていたら、今日まであっという間に時が経ってしまった。

「わかりました。行ってきてください」

和喜がうなずくと、千寿はホッとした顔をした。

「すまない」

「いえ。俺も、記憶を取り戻す手伝いをするとか言って、何もできていなくて。すみません」

千寿にしてみれば、家事や子守りの手伝いに追われて、自由に動けない閉塞感と焦燥があったのかもしれない。けれど何も言わず、何日も我慢してくれていたのだ。悪いことをした。

「ただ大学は今、夏休みなので、学生はあまりいないと思いますが」

「ああ。だが、サークルの連中は休みの間もよく、ラウンジにいただろう？　それに、もし誰もいなくても、見覚えのある場所に行けば、何か思い出せるんじゃないかと思って」

藁にも縋る思いなのだろう。あるいは、顔見知り程度の後輩との同居や、見知らぬ子供を育てる閉塞感から、少しでも逃れたいと思っているのかもしれない。

そんな話をしているうちに、朝食ができた。千寿はまだ、上手く子供に食べさせることができないので、和喜が子供の世話をする。

「何か手伝おうか」

千寿も一人だけ先に食べるのは気づまりなようで、毎食ごとに尋ねてくるのだが、そうするとまた「千寿が子守りを手伝うのを手伝う」という矛盾に陥るので、大丈夫ですよと、できるだけにこやかに答えた。

「こちらのことは気にせず、ご飯を食べて出掛けてください」

和喜が三つ子たちにパンを半分ほど食べさせている間に、千寿はさっと食事を済ませて出掛けていった。

「とおさま、お出かけ？」

玄関のドアがパタンと閉まる音がして、雪がパンを食べる手を止めた。

「そうだよ。今日はお出掛け」

「う！」

「夏も行く！」

夜と夏が自分たちも外に行きたいと主張を始める。和喜はやんわりと子供たちをなだめた。

「お外は、父様が一緒の時にね」

「じゃあ公園のお部屋は？　ずっと行ってない」

夏が言い、和喜はギクリとした。寝室の書斎スペースから出入りできた、千寿の結界。

いつも子供たちが遊び場にしていた空間は、千寿が記憶を失ってから、入ることができなくなっている。それまで、書斎スペースの奥にドアがあって、そこから自由に出入りできたのだが、そのドアが消えてしまったのだ。

書斎スペースの奥には今、アイボリーの壁があるだけだ。

結界が消滅したのか、出入り口がなくなっただけなのかわからない。妖狐としての記憶を失った千寿は、そんな空間があることさえ知らなかった。

貴重な遊び場を失って、子供たちはリビングで遊ぶことしかできなくなった。公園の部屋には毎日のように通っていたから、三つ子たちも退屈なのだろう。

しかし、和喜にはどうすることもできなかった。千寿の庇護（ひご）がない状態で外を出歩くのは危険だ。すぐに子供たちの正体がバレてしまうし、五百紀以外にも、千寿に害をなす存在がないとも限らない。

「公園のお部屋はね。今、工事中なんだ。ブランコが壊れちゃって、直してるんだよ」

とりあえず、そんな出まかせを言ってみる。子供たちは「えーっ」と不満げな声を上げた。

「じゃあ砂場は？　雪、おだんご作る」

「砂場も工事中なんだ。公園には入れないんだよ」

「やだーっ」

一人が騒ぐと、他の二人も騒ぎ出す。和喜はうんざりしつつ、どうにか子供たちにご飯を食べさせた。その合間に、自分もパンと牛乳を詰め込む。味なんてしなかった。ここ数日、ずっとこんな感じだ。

せっかく食事を作っても、食べた気がしない。食べなくても死なないのだから、もう食事をやめてしまおうかとも思う。

しかし、和喜が食べなかったら、子供たちも食べないと言い出すかもしれない。子供に食事を習慣化させることは必要だし、今の千寿はまだ、自分が人間だという意識がある。人間の食事がない生活は、精神的にもよくないだろう。

「昼ご飯、もう出前でもいいかな。あ、千寿さんはお昼、どうするんだろう」

子供たちの手や顔を拭いて、また公園に行きたいというのをなだめすかしてジャムパンマンのDVDを観せる。その合間に食器を食洗器に放り込み、食べこぼしたテーブルや床を掃除し終えると、大したことをしていないのに、もうぐったりしてしまった。

数時間後の昼ご飯を考えるのも面倒で、出前でいいやと思考を放り投げる。寝不足なので眠い。

昼ご飯はどうするのか、千寿にＳＮＳでメッセージを送ったが、なかなか既読にならなかった。

（まあいいか。千寿さんは自分で何とかするよね）

帰りに買い物を頼もうかと思ったが、必要なものをリストアップするのもだるかった。

「あのね、ねんねしてていいよ」

ソファでぐったりしていると、アニメに集中していると思っていた雪が突然、くるりと振り返った。

「かあさま、疲れてるでしょ。雪たちおりこうにしてるから。ねんねして」

テレビの前から歩いてきて、和喜の膝をポンポンと叩く。和喜や千寿が、子供たちが寝る時にあやすのを真似ているのだ。

「ありがとう」

息子の優しさに、涙が出そうになった。疲弊していた心がふわりと軽くなる。思わずぎゅっと抱きしめると、耳元で、雪がふふっとくすぐったそうに笑った。

「雪たち、しーっしてるからね。ねんねしててね」

しーっしーっと言いながら、再びテレビの方へ行く。夏に「もう、しーしーうるさい」と文句を言われていたが、「静かにするんだよ」とたしなめていた。

「雪、お兄ちゃんだから静かにできるもん」

「夏のほうがお兄ちゃんだもん」

何やら揉め始めたが、幸い、二人ともすぐにアニメに興味が移った。

思わぬ雪の優しさに、ささくれていた心が凪いだ。アニメに没頭する子供たちの小さな後ろ姿を眺めながら、いつしか和喜はウトウトと束の間の微睡(まどろ)みに沈んでいた。


夕方になっても、千寿は帰ってこなかった。

SNSのメッセージは未読のままで、おかしいと思って電話をかけてみたら、千寿の携帯電話は寝室に置きっぱなしになっていた。

昼間、それに気づいて「まったくもう」と文句を言ってみたけれど、陽が傾きかけるにしたがって、だんだんと不安が募ってくる。

和喜としては、千寿は遅くとも昼くらいには帰ってくるだろうと思っていたのだ。

自宅から大学までは徒歩圏内で、夏休みであまり人もいない。話を聞いて回るにしても、何時間もかかることはないはずだ。いったい、こんな時間まで何をしているのか。

早く帰ってきてほしい。家の食材が底をついているから、買い物にも行かなければならない。千寿に買ってきてもらうか、彼が帰ってきたら和喜が出掛けようと考えていたのに。このままでは、夕飯も作れない。

昼も蕎麦（そば）の出前だったのに、夜も出前に頼ることになりそうだ。

「またお蕎麦だと食べてくれないだろうし。ゼロ歳児にピザっていうのもなあ。あ、ティッシュとトイレットペーパーもストックがないんだっけ」

子供たちは今のところ、たまにぐずりながらもリビングで、スポンジ積み木で遊んでいる。和喜は独り言を呟きながら、ため息をついた。午前中に少しうたた寝できたが、夕方になるとクタクタになっていた。

千寿が記憶を失って、まだ何日も経っていないのに、どうしてこんなに疲弊しているのだろう。

(俺、いつの間にか千寿さんに頼りすぎてたよな)

千寿の持つ妖術だけではない、彼が何でも分担してくれるから、頼りきっていた。一人になって、こんなに何もできないなんて。

自分は、ひどく甘えていたのではないだろうか。

ふと考えて、ひやりとする。

一緒に育てていこうと言ったのに、千寿ばかりに押し付けて、自分は怠けていたのではないか。和喜自身は、そんなつもりはない。一生懸命やっていたが、ただそのつもりになっていただけかもしれない。

千寿さんは頼りになるなあ、なんて呑気なことを考えていたけれど、千寿の方は内心では、和喜に呆れていたのではないだろうか。

（千寿さん。俺のこと、呆れてない？　俺と一緒になったこと、後悔してない？）

今はいない、かつての千寿に心の中で呼びかける。

和喜に魂を与え、子供と人間界にとどまることになった選択を、千寿は後悔した時はないだろうか。日々子育てに追われる中で、和喜への想いが薄れたりはしていないか。

それにそう、許嫁のことも。和喜はその存在すら、聞かされたことはなかった。言えないことがあったのではないか。本当にただの許嫁だったのか……。

不安を掘り下げ始めると、止まらなくなる。千寿に真意を問うこともできないから、想像ばかりが膨らんでいく。

「だめだ」

ずぶずぶと底なし沼に沈んでいくような感覚に襲われ、和喜は思考にブレーキをかけた。

答えの出ないことを考えても仕方がない。それより大事なのは子供たちのことだ。

子供が人間界でのびのびと過ごし、健やかに成長すること。それが最優先課題で、それ以外は後でいい。和喜は自身に言い聞かせた。

「よし。あり合わせのもので、夕ご飯作ろう」

千寿が帰ってこないことは、後で考えよう。

（ご飯作って。あと、お祖父様と何とか連絡が取れないかな）

自宅の電話に百王丸とのホットラインが取りつけられたはずだが、『公園の部屋』と同じく機能していない。何とか百王丸と連絡を取って、彼に相談したかった。

（こうやって、いちいち誰かに頼るのもよくないのかな。でも、俺だけじゃ妖狐のことはわからないし）

頭の中で考えを巡らせながら、台所にある食材を確認する。今夜は何とかなりそうだが、明日のパンがない。

明日の朝食の算段をしている最中、リビングでわあっと子供たちの泣き声が上がった。

積み木を取り合って喧嘩になったらしい。本当にこのところ、子供たちはよく喧嘩をする。今までもたまに、おもちゃを取り合うことはあったけど、基本的には三位一体、というくらい仲が良かったのに。

リビングに行って、子供たちをどうにかなだめすかし、「食事を作るから大人しくしてて」と言い聞かせてキッチンに戻る。かと思うと、「トイレ」と言われて、三人を一人ずつトイレに連れていくことになった。

作業が遅々として進まない。子供たちの行動はいつものことなのだから、怒りたくないのに、苛立ちが募る。

それでもどうにか夕飯を作った。ここから三人を食べさせるのもまた、一苦労だ。

「夜、ご飯中におててブンブンしない。雪もかみかみする時は、お口閉じて」

注意する声がいつもよりきつくなっているのを自覚しながら、食事を進める。でも子供たちは、こちらがイライラしている時に限ってお構いなしにはしゃぐ。

案の定、夜が盛大にお茶のコップを倒して泣き出した。

「だから言ったのに」

和喜がいつもよりもカリカリしているので、夜はしょんぼりしてしまった。それを見て、罪悪感と苛立ちが込み上げる。感情が昂って頭痛がした。

子供たちに当たらないよう、黙ってテーブルを拭いてコップを片付ける。キッチンで布巾を洗っていると、夏が「かあさま」と付いてきた。

「ちょっと待ってて」

「あのね。あのね、かあさま」

振り返らないまま言ったが、夏はなおも「あのね」と話しかけてくる。

「忙しいから、後で！」

イライラが爆発して、思わず声を張り上げてしまった。振り返ると、夏が固まっている。手には夜が倒したコップを持っていた。

「あ……」

一拍置いて、夏がそれを持ってきてくれたのだと理解する。夏なりに、和喜を助けようとしてくれたのだろう。なのに、怒ってしまった。

「夏……」

ごめん、と言う前に、目を潤ませて泣き出しそうだった夏が、ぎゅっと唇を噛みしめた。コップを持ったまま踵(きびす)を返すと、何も言わずにダッと走り出す。

「夏、ごめん！」

リビングへ向かう夏を後ろから追いかけたが、夏は答えず、ベランダの窓に引かれたカーテンの下に潜り込んでしまった。

頭から身体半分までカーテンに隠れて、足と尻尾は出たままだ。

「う、う……」

やがて、夏が尻尾を震わせながら静かに泣くのが聞こえて、後悔と申し訳なさでいっぱいになった。

「夏、大声出してごめん。ごめんね。俺が悪かった」

カーテンの中に手を入れて、夏を抱き上げる。だがいつものように抱きついてはこない。ぎゅっと両の拳を握りしめて泣き続けている。

「か……さま。夏のこと、嫌い？」

不意の問いかけに、胸を突かれた。縮こまる夏を、ぎゅっと抱きしめる。

「嫌いなわけない。夏のこと大好きだよ。大きな声を出してごめん。夏は悪くない。俺がイライラしてたんだ」

優しく背中をさすると、夏はようやく和喜に抱きついた。

「夏、おてつだいしたの……」

「うん、そうだよね。ありがとう。夏はいい子だ」

夏を抱きしめているのを見て、雪と夜もやってくる。

「かあさま、雪も。雪もいい子」

「夜も……」

おいで、と手を広げた。いっぺんに三人を抱えるのは大変だったけど、どうにか抱き上げる。

「うん。三人ともいい子。俺がイライラしてた。ごめんね」

いろいろなことが不安でたまらない。でも子供たちはもっとわけがわからなくて、不安なのに。

夕食の後片付けを傀儡に頼むと、三人を抱えて、寝室に移動した。子供たちが寝てしまいそうだし、そうなるとリビングから寝室に起こさずに移動させるのは至難の業だからだ。

本当はその前にお風呂に入れたり、歯を磨いたりしたいのだけど、和喜の方が疲れてしまった。

みんなでベッドの上に転がると、子供たちはすぐに寝てしまった。上掛けをかけて、和喜もしばらく、うつらうつらした。

千寿が帰ってきたのは、それから一時間ほど経ってからだ。

玄関で物音がして、和喜はすぐに目を醒ました。子供たちは眠ったままで、そっとベッドを抜け出す。廊下に出ると、玄関で千寿が靴を脱いでいた。

「ただいま」

その声が呑気に聞こえて、カッとなった。

怒鳴りつけたい衝動にかられ、ぐっと言葉を呑み込む。ここで怒鳴ったら、寝室に響いてしまう。

和喜は答えず、くるりと踵を返してリビングへ向かった。千寿が後に続く。

「腹が減った。何か、食べ物はあるかな」

背後からそんな声が聞こえて、和喜は目の前のローテーブルにあったリモコンを摑んで千寿に投げつけていた。

リモコンは千寿の胸にぶつかって、痛っと顔をしかめる。

「なっ……おい、お前な」

「今、何時だと思ってるんですか」

「何時って、まだ七時……痛っ」

少しも反省していない千寿に、今度は拳を振りかざした。しかし、振り下ろす前に千寿に腕を摑まれてしまう。

「暴力はよせ」

「ふざけるな。俺と子供を放りっぱなしにして、帰ってこないで。携帯も置きっぱなしで。食べ物なんてあるわけないだろ。子供置いて買い物なんて行けるかよ！」

今まで和喜は、誰かにこんな風に、乱暴に感情をぶつけたことはなかった。でも本当に腹が立ったのだ。叫ばずにはいられなかった。

千寿の顔に、後悔の色が浮かぶ。

「悪かった。いろいろあって……」

千寿が何か言いかける。しかしその服から、女物の香水の香りがすることに、和喜は気づいてしまった。

「そう。いろいろ、ですか」

怒るより、疲れた笑いしか出てこなかった。ゆるゆると相手の腕を振りほどく。和喜の声がトーンダウンしたせいか、千寿はあっさり摑んでいた腕を離した。

「女の人といろいろしてたら、そりゃあ遅くもなりますよね」

嫌味たっぷりに言うと、相手はぎょっと目を見開く。

「何で……いやお前、何か誤解してるだろう」

千寿が手を伸ばしてくるのを見て、和喜はさっと後ずさった。今の千寿に、触れられたくない。

「触らないでください」

「女とは会ったが、お前が想像するようなことは何もない」

千寿も和喜の態度にムッとする。だが、何もないと言う千寿の指には、あるはずの結婚指輪がなかった。

「指輪を外して会うような相手と、何もなかったんですか」

「……っ。だから、いろいろあったんだって。話を聞かない奴だな」

「言い訳は結構です。俺とあなたは今、パートナーでも何でもないんだから」

怒りに目がくらんで、もうまともに考えられなかった。

苛立ちに任せて吐き捨てる。うつむくと、自分の薬指にはまった指輪が目に留まり、衝動的にその指輪を外そうとした。

指輪はきついわけではないのに、どうしてか、なかなか抜けなかった。指の先まで指輪を移動させることができるのに、そこから先がどうしても抜けない。

「何やってるんだ？」

「うるさいなっ」

はたから見れば、遊んでいるように見えるのだろう。怪訝そうに首を傾げる千寿にまたカッとして、乱暴な言葉を投げつける。

どうにかして指輪を外したくなって、むやみに指輪を動かした。右に左に、何度か指輪を回転させた直後、指輪が突然、ポッと熱を帯びて温かくなった。

「えっ」

驚いて手を離すと、指輪が光を放ち始める。

「な、何だ？」

「わかりません。急に――」

驚く二人の前で、光はさらに強くなった。眩しさに目をすがめたその向こうで、光が人の形を作り始める。

やがて浮かび上がったその人物に、和喜と、そして千寿も息を吞んだ。

「千寿、さん……」

それは千寿の姿だった。今の、人間の姿ではない。記憶を失う前の、黄金色の耳と尻尾を持つ、妖狐の姿だ。

『和喜』

彼は和喜のよく知る優しい眼差しでこちらを見る。甘やかな声で和喜を呼んだ。

「千寿さん。千寿さんっ！」

思わず駆け寄ったけれど、その姿は幻だった。千寿の身体の向こうに、リビングの家具が透けて見える。

「これは……俺か？」

千寿も、自分自身の姿が浮かび上がるのを見て、驚いているようだった。目を驚愕に見開き、まじまじと幻像を見ている。

　二人の見ている前で、妖狐の千寿が語り始めた。

『驚いたと思うが、これは幻像だ。こっちの録画が現れたということは、レベルBが発動中ってことかな』

「レベルB？」

　何だそれは、とこちらの千寿が声を上げたが、それに対する答えはなかった。

　録画だというから、会話ができるわけではなさそうだ。よく見ると、幻像も和喜を見ているわけではなく、カメラ目線といった様子だった。

『これが発動しないことを祈るが、万が一、俺に何かあって子供や和喜だけが残された場合を考え、いくつか保険をかけておいた』

「保険……あ」

　五百紀が現れる直前、家族で買い物に行った帰りに、千寿がそんなことを言っていた。

　保険をかけた。発動の方法は後で教える、と言って、すぐその後に五百紀が現れたから、教えてもらえずじまいだったのだ。

『この映像はレベルB、つまり、俺の命は無事だが、何らかの形で和喜や子供たちと離れ離れになっている、という状況だろう。和喜には苦労をかけていると思う。すまない』

「千寿さん……」

ああ、千寿だ。優しい声に思わず涙ぐんだ。涙で千寿の姿が見えなくなり、慌てて目を瞬く。

『私が不在でも書斎の奥に行く方法と、お祖父様とのホットラインを繋げる方法を伝えておく。今身に危険が迫っているなら、子供たちを連れて書斎の奥の結界へ向かってくれ。あの中は何があっても安全だ。それから……』

映像の中の千寿が説明する。それはすべて、和喜が欲しかった情報だった。

『これはレベルBだ。俺はまだ生きているだろう。ならば、何とかしてお前たちに会いに行こうとしているはずだ。だがもし万が一、俺に何かあった時は、お祖父様を頼ってくれ。祖父にはすでに、もしもの時のことを考えて頼んである』

「……っ」

先を見越して、万が一に備えて、千寿は和喜の知らないところで動いていてくれていた。自分がいなくなっても、和喜と子供たちが困らないように。

『子供たちのことを頼む』

「千寿さん……やだ。消えないで」

話が終わろうとしている。無駄だとわかっているのに、映像に話しかけずにはいられなかった。

『和喜。それに、雪、夏、夜。お前たちを愛している』

優しい微笑みを浮かべて、千寿が消えていく。

「嫌だ。最期（さいご）みたいなこと言うの、やめてください。千寿さん……千寿さんっ！」

必死に呼びかけたけれど、映像は掻き消えた。目の前にはいつものリビングが広がっている。

たまらなくなって、その場にしゃがみ込んだ。安堵と喜びと切なさと、さまざまな感情が和喜の中でうねっている。

「……っ」

後ろで実物の千寿が「おい」と、戸惑った声を上げたが、和喜の耳には届いていなかった。

――愛している。

柔らかな声が耳の奥にこだまする。

どうして自分は、一時でも千寿の気持ちを疑ったりしたのだろう。

千寿は記憶を失う前、もしものためにといくつものパターンを考えて保険をかけていた。彼の先ほどの口ぶりでは、自分が死んだ場合のことも想定していたのだ。

和喜と子供たちのことだけを、ただ考えて。

(千寿さん……ありがとう。あなたの気持ちを疑ったりして、ごめんなさい)

この人と出会う前、過去に何があったかなんて知らない。

和喜が知っている千寿は、誰よりも和喜と子供たちのことを考え、深く愛してくれる人だ。上っ面だけの愛の言葉を口にしたりしない。

その千寿は、かつての千寿ではない。でも死んでしまったわけでもない。記憶を失ってここにいる。

記憶を失っても、千寿は千寿なのだと、最初に自分に言い聞かせたではないか。信じよう。今一度、和喜は決意した。千寿と、それから自分とを。二人で育んだ時間は本物だという自信を持とう。

そして、今の千寿ともう一度向き合う。こちらが強く出ると、今の千寿から嫌われてしまうかもしれない、という不安から、言いたいことや言うべきことを言えずにいた。

結局、和喜がイライラしてしまって、子供たちにも不安を与えてしまった。千寿も気づまりだったはずだ。

ちゃんと言いたいことを言って、やるべきことをやってもらう。もしかしたら嫌な奴だと思われるかもしれない。それでも諦めない。

「――よし」

掛け声をかけて、ガバッと顔を上げた。後ろで千寿の「うおっ」という声が聞こえる。和喜がうずくまって泣いている間ずっと、こちらの様子を窺っていたらしい。

和喜は立ち上がり、戸惑い顔の千寿に正面から向き直った。

三

頭を冷やして、まず千寿と話をした。

千寿から話を聞いてみれば、こんなに遅くなったのも、指輪をはめていなかったのもちゃんと理由があった。

午前中、出向いた大学のラウンジには、思っていた以上に千寿の知るメンバーが集まっていたのだそうだ。

ラウンジで出会った彼らのことを、千寿は憶えていた。ただ、過去にどんな付き合いをしていたのか思い出そうとすると曖昧になる。

事故で頭を打って、一部の記憶が曖昧になったことにして、和喜と出会った前後の状況を聞いてみた。みんな千寿に同情し、協力してくれた。

メンバーの中には卒業したＯＢやＯＧの姿もあって、その中に千寿がほんの短期間だけ付き合っていた彼女もいた。

「元カノ……」

和喜はぴくりとこめかみを震わせた。

今はダイニングテーブルに場所を移し、お茶を飲みながら話をしている。和喜が力強く湯飲みを握りしめるのを見て、千寿は自分の顔の前にサッと腕を上げた。さっき物を投げたので、湯飲みが飛んでくると思ったのかもしれない。

「だから、誓って何もなかったんだ。振り回されはしたが」

その場にいたメンバーの多くは、千寿が大学を辞めた理由について、本当のことを知らなかった。でき婚したらしいとか、千寿の浮気が傷害事件に発展して退学になったとか、真実と虚構が錯綜して、何が本当なのかわからなかったらしい。

ただ元カノだけが、「私は中退した経緯を詳しく知っている」と言い出したのだ。

「教えるかわりに、二人きりでランチを奢ってくれと言われてな」

「その人、めちゃくちゃ未練があるんじゃないですか」

「それは……まあ。俺も怪しいと思ったんだが、他にあてもなくて」

仕方なく、大学の近くにあるレストランに行って昼ご飯を食べた。ところがランチが終わった直後、結婚指輪を見せてと言われて指から外したところ、元カノに指輪を奪われてしまった。

彼女は自宅に帰ると告げて逃走。つまり、返してほしければ追いかけてごらんなさい、というわけだ。レストランの会計を済ませる前だったので、千寿はすぐに追いかけられなかった。

「千寿さん……」

「だから、大変だったんだって」

一人で彼女の家になんか行ったら、みすみす罠にかかるようなものだ。大学に引き返してメンバーに助力を乞い、一緒に元カノの家に行き、逆ギレして泣きじゃくる元カノをなだめたりすかしたりして、どうにか指輪を返してもらった。

しかもそこまでしたのに、彼女は有用な情報など持っていなかった。

「それは……お疲れさまでしたね」

千寿も迂闊だったが、それだけ情報を欲していたのだ。

「いや。俺も携帯電話がないのに気づいた時点で、一度家に帰っておけばよかったんだ。不安にさせて悪かった」

千寿は頭を下げ、それからちらりとリビングに目を移す。

「さっきの映像。俺だったな。耳と尻尾があった」

「あれがあなたの本来の姿です。って言っても、信じられないでしょうけど」

「信じられないが、信じないわけにはいかないだろう。あれを見せられたら」

複雑そうに言う。自分が人間ではないなんて、にわかには受け入れがたいのだろう。和喜はテーブルの上に置かれた千寿の手に、そっと触れた。

千寿が驚いたように和喜を見る。

「今は、妖狐だってことを受け入れなくてもいいです。優先順位を確認しましょう」

「優先順位？」

そうです、とうなずく。さっきの映像を見て、考えた。

「いつ、千寿さんの記憶が戻るのかわかりません。長期戦になる可能性も念頭に置いて、まずは日常生活を安定させることを第一に考えましょう」

「それはその通りだな。生活がガタガタでは、記憶を取り戻すどころじゃない」

「ええ。なので、千寿さんにはもっと積極的に家事育児に関わってもらいます。最初はお互いに大変だと思いますが、我慢してください」

「わかった」

和喜の言葉に、大きくうなずいた。千寿も、このままではよくないと思っていたのだろう。でもどうすればいいのかわからなかった。育児などした記憶がないのだから当然だ。

「本当はずっと、和喜一人に任せきりになっているのが気になってたんだ」

「俺が抱え込んでいたのが悪いんです。それでテンパッて、一人でイライラしてた。千寿さんにも気を遣わせてましたよね。すみませんでした」

一緒に協力し合おうと最初に言ったくせに、ちっとも協力できていなかった。頭を下げると、「謝らないでくれ」と慌てたように言われた。

「和喜は悪くない。というか、お前もずっと不安だったんだよな。和喜がキレるまで、気づかなかった」

さっき、物を投げたことを言っているのだろう。顔が熱くなった。

「それも……いや、そっちの方が問題でしたね。ごめんなさい」

いくら怒ってキレたとはいえ、暴力はよくなかった。ひとしきり反省していると、千寿にクスッと笑われた。

「いや、新鮮だった」

「もう忘れてください」

ニヤニヤするから、相手を睨みつけた。

「ともかく、これからよろしく頼む。お互いのために、下手な遠慮はやめよう」

千寿が手を差し出して、和喜もうなずいてその手を取った。強く握手をする。

二人は話し合い、問題を解決する手順を決めた。

まずは千寿が家事と育児を憶えて、記憶を失う前と同じように仕事を分担できるようにすること。

その夜から、千寿も同じ寝室で寝てもらうことになった。

途中で起きてきた子供たちを二人がかりで風呂に入れ、歯を磨かせて絵本を読んで、どうにか寝かしつける。

別の部屋で寝ていた千寿が戻ってきて安心したのか、子供たちはあまりぐずることなく、大人しく寝てくれた。

「こうして見ると、子供たちは俺に似てるな」

三つ子を間に挟んだベッドの向こう側で、千寿がぽつりと呟く。めいめいの寝相で転がる子供たちを見る目が、優しくなった。

「和喜にも似てる気がする」

「まあ、それは」

二人の子供なので当然だ。でも千寿は、不思議そうに子供たちの寝顔を眺めている。

和喜はそんな千寿の表情を見つめながら、久しぶりに彼の顔をちゃんと見た気がした。

千寿は千寿なのに、心のどこかで別の人物のように思っていた。

それはおそらく、今の千寿が自分を愛していないからだ。別人だと思うことで、千寿に愛されていない現実から目を背けていたのかもしれない。

目を閉じて、愛している、と言ってくれた千寿の声を思い出す。自分は確かに、千寿に愛されていた。大切にしてもらった。それで充分だ。

翌日は、朝起きてすぐ、千寿に二十四時間営業のスーパーに行ってもらった。食材が本当に何もなかったのだ。

それから、千寿に子供の見守りを任せ、和喜と傀儡が朝の用事を済ませる。

朝ご飯を終えるとさっそく、家族みんなで書斎スペースの奥の『公園の部屋』に入った。

何もない書斎の壁は、和喜が映像の中の千寿に教えられた通りの言葉を唱えて指輪をはめた方の手をかざすと、見覚えのある出入り口が現れた。

「ブランコー!」

中に入った途端、子供たちは歓声を上げて走り出した。雪と夜は途中でぽてっと転んだが、すぐに起き上がってまた走り出す。

このところ室内遊びしかできなかったから、嬉しくて仕方がないのだろう。

「あ、クーちゃん！」

芝生の向こうから、わらわらと傀儡がたくさん現れて子供たちを取り囲む。結界の中に傀儡を控えさせてあると、これも千寿が言っていた。

子供たちに付いていてくれた三体の傀儡と合流し、わちゃわちゃと再会を喜んでいるかのようにはしゃいでいる。手伝いをしてくれる傀儡の数が増えるのは、本当にありがたかった。

「何だこれは……不思議の国？」

この空間を作ったはずの当人は、目の前に広がる光景に呆然としている。人間らしい反応に、和喜は笑った。

「俺も最初はそう思いました。でも便利なんですよ。水場も砂場も遊具もあって」

「確かに便利だが……」

戸惑い顔の千寿に、「とおさまーっ」と夏の声がかかる。

「とおさま、ブランコ押してっ」

子供はまだ、上手くブランコが漕げない。行ってあげてください、と促すと、千寿はぎこちない態度で夏のところへ行き、ブランコを押してやっていた。

「とおさま、もっと！　もっと押して！」

「こうか？」

「もっと！」

「え、危なくないか？」

「ほどほどで止めてください」

千寿は判断が付かなくなると、和喜を見る。ここの芝生は特別柔らかくて、高いところから落ちても致命傷にならないようになっている。

ただ、やっぱり落ちると痛いし、多少の怪我はするので、子供も親も加減を憶えなくてはならなかった。

「少しの間、子供たちを頼みますね。俺、お祖父様とコンタクトを取ってみます。夜、夏、雪、俺は用事があるから、父様に遊んでもらって」

子供たちがそれぞれの遊び場に落ち着き、傀儡たちが持ち場に付いたのを確認して、千寿に頼んだ。千寿は「ええっ」とうろたえていたが、ここなら傀儡と千寿だけでもしばらくは何とかなる。

子供たちも「はーい」と元気よく返事をした。

「とおさま、ブランコもっと押して」

「とおさまーっ、こっち来て！」

「とーっ」

三人から同時に声をかけられてオロオロしていたが、習うより慣れろ、という場合もある。

和喜は一度、結界の外に出た。寝室のベッドに座り、自分の携帯電話を取り出した。機器に向かって、「百王丸様に繋いでほしい」と喋る。

音声認識ソフトが起動して、電話をかけた。もちろん、普通の電話回線ではない。百王丸と和喜との間に設定されたホットラインだ。

すぐに通話が繋がり、目の前に百王丸の姿が現れる。実態ではなく映像だが、これは録画ではなく通信映像だった。

「お祖父様！」

『和喜！　おお、無事だったか！』

こちらの姿も見えているようで、百王丸がホッとした顔をする。和喜も、ようやく味方に会えた安堵に肩の力が抜けた。

『よかった。五百紀のせいで、こちらからは連絡を取ることも、直接会いに行くことも叶わなかったのだ』

ホットラインで危機を告げてくれたあの日、あれからどんなに電話をかけても我が家に繋がらなくなった。五百紀に呼びかけたが完全に無視されて、屋敷に直接赴いたが門前払い。千寿たちがどうなったのかわからず、ずっとヤキモキしていたのだという。

和喜は、五百紀に囚われてからの出来事を百王丸に語った。千寿が記憶を失ったこと、彼が事前にかけた保険が昨日、ようやく発動して、今は結界の中にいることも。

『五百紀の奴。相変わらず陰湿な嫌がらせをする』

一通り話を聞いた百王丸は、低い声で唸った。

『千寿の記憶だけでなく、妖狐の常識も奪い取った。人間の男同士では子供はできんからな。現実を受け止めるのはなかなか難しい。千寿に猜疑心を植え付け、和喜を不安にさせて仲たがいさせるつもりだったんだろう』

五百紀のその目論見は、とても上手くいっていた。昨日、千寿の映像が現れなかったら、あのまま喧嘩別れしていたかもしれない。後悔しても、そこから仲直りするのは難しかっただろう。和喜一人で育児をするのも限界だった。

『そういう、地味でネチネチした嫌がらせが得意なんだ、五百紀は』

百王丸が苦い顔をする。和喜は、ずっと気になっていたことを尋ねてみた。

「千寿さんに、百弥さんという許嫁がいるのは、本当なんでしょうか」

相手の表情がさらに渋くなったので、答えは聞く前からわかった。

『そう落胆するな。許嫁と言っても、五百紀が百弥を気に入って、勝手に話を進めていたというだけの話だ』

百弥というのは分家筋の次男で、数ある分家の中でも総領本家に近しい血筋だった。

千寿と年も近く、持って生まれた妖力も総領の伴侶として申し分ない。何より、慎ましい性格と美貌を五百紀が気に入って、千寿に何の話もなく勝手に進めたのだそうだ。

『千寿は最初から納得していなかった。百弥がどうこうという話ではなく、親に勝手に伴侶を決められるのが嫌だったんだろう。決めるなら自分で、と言っていたからな。人間界に行って戻ったら、五百紀と話し合うと言っていたんだ』

まだ妖狐の世界にいた頃、千寿が子作りのため、人間界に赴く前のことだ。

で、あるならば、人間界で和喜と伴侶になった千寿は、おそらく和喜のことを五百紀に報告するタイミングで、百弥の縁談を断ろうとしていたはずだ。

しかし、五百紀が先に和喜の存在を嗅ぎつけ、今回の件に至ったわけだ。

『だから百弥のことは、気にしなくていい。だが千寿の奴、和喜に話をしていなかったのは減点だな。いきなり他人から許嫁の話などされては、不安になるに決まっている』

「千寿さんも、忘れていたのかもしれません。子供たちが生まれてから、毎日忙しかったので」

百王丸が孫を責める口調になったので、思わず言った。けれど、たぶんそれが本当なのだ。今はそう確信している。

三人もの赤ん坊を育てるのは本当に大変で、和喜自身もこの半年、細かいことを考えている余裕はなかった。

『まあ、許嫁をどうするかは、あいつの記憶が戻ってからだ』

「はい」

『もしもの場合は、お前たち一家を儂のところに引き取ろうと思っていたが。千寿の結界があるのなら、何より心強い』

千寿の妖術は、百王丸をはるかに凌ぐという。千寿と五百紀の力は拮抗しているが、千寿が張った結界なら、おいそれと破られることはないだろう。

何より、慣れた自宅の方が子供たちも安心する。

『問題は記憶をどうやって取り戻すか、だな。千寿はどうしてる』

「今、結界の中で子供たちと遊んでもらってます。慣れないことで戸惑っているみたいですが」

ちらりと部屋の時計を見る。だいぶ時間が経ってしまった。

傀儡が増員されたので大丈夫だと思うが、千寿は心細いかもしれない。

『また連絡をくれ。今、こちらからは繋がらないのでな。その時は千寿とも話がしたい』

「はい、ぜひ。千寿さんも、お祖父様やお義父様の存在は憶えているんです。姿を詳しく思い出そうとすると、曖昧になるみたいですが」

『我々が妖狐の姿だからだろうな。記憶の辻褄が合わなくなると、曖昧になるわけか。こちらでも調べてみよう。五百紀にも何とか会って話をしてみる』

「ありがとうございます。お祖父様まで巻き込んでしまって、すみません」

『和喜が謝る必要はない。こちらこそ、愚息が迷惑をかけた。すまんな。この通りだ』

頭を下げられて、和喜は慌てた。

「やめてください。そもそも、人間の俺が千寿さんの伴侶になったのが、騒動の種なんです」

五百紀がここまで強硬な手段に出るほど、妖狐の世界ではあり得ないことなのだ。わかっていたことだが、改めてその事実を認識して身がすくむ思いだ。

『……後悔しているのか?』

通信越しに窺う視線に、和喜は「いいえ、まさか」と即答した。

「それこそ死んだって、後悔なんてしませんよ」

子供が生まれる時、自分は死ぬつもりだった。子供の命か自分か、どちらかしか助からないと言われて、和喜を生かそうとする千寿に反発したのだ。

二人で悩んで悩んで、両方取ると決めた。その代償は大きく、千寿は妖力の半分を失い、和喜は人間でありながら人の理から外れた存在となった。

覚悟を決めてここにいるのだ。今さら、後悔なんてしない。

和喜の答えに一片の迷いもないことを見た百王丸は、わずかに目を見開いた後、クッと愉快そうに笑った。

『そこいらの妖狐より、よほど肝が据わっておる。安心した』

百王丸は言い、またすぐに連絡を取ろうと約束して通信は切れた。

結界の中に戻ると、千寿がなぜか芝生の上に横たわり、三つ子にしがみつかれていた。

三人で千寿の腕や足、服を引っ張っている。身体の上で三つの尻尾がモゾモゾするので、「く

すぐったい、くすぐったい！」と千寿が叫んでいた。

「……楽しそうですね」

何をしてるんだろう、と思いながら近づくと、千寿がくすぐったさを堪えて涙目になりながら、

「どこが？」と哀れっぽい目を向けた。

「見てないで助けてくれ」

「三人とも、父様を放してあげれば？　困ってるよ」

緩く助け舟を出すと、一斉に「や！」と反発された。

「とおさま、夏のだもん」

「夜も！」

「みんなのとおさまだよね。足は雪のだよ」

三人で千寿を取り合ったらしい。みんなでしがみついたり引っ張ったりするから、千寿は芝生の上に倒れてしまったのだ。

「羨ましいなあ」

千寿の情けない格好が面白くて、和喜は傍らにしゃがみ込んでニヤニヤする。

「お前、楽しんでるだろう。……っぷ」

口を開いたそばから、雪の尻尾の先が口に入って苦しんでいた。さすがに可哀想になったので、
チビたちを一人ずつ引きはがす。

「子供たちも、久しぶりに千寿さんと遊べて嬉しいんですよ」

なだめるように言ったが、はがした三つ子たちは不意に砂場に興味を奪われ、ダダダッと競うように去っていった。千寿は一顧だにされないまま置いていかれ、釈然としない顔で起き上がる。

「本当ですよ」

砂場でワーッとかギャーッとか雄たけびを上げている子供たちを眺めつつ、フォローを入れる。しかし、あながち方便でもなかった。昨日まで子供たちは、あんな風に大声を上げることもなかった。ぐずぐずと不機嫌で、鬱屈していたのだ。

千寿の記憶は戻らないけれど、とりあえず日常は戻りつつある。

そんな当たり前の日々のありがたさを、和喜は噛みしめるのだった。


「あの結界とかいう空間に入った時、懐かしさを覚えた。初めて見るはずなのに、馴染みの場所のように感じたんだ」

昼、交替で子供たちに昼ご飯を食べさせながら、千寿が言った。

彼は相変わらず、慣れない育児に振り回されているが、和喜は一つ一つ説明して、千寿にいったん任せた仕事は、たとえ時間がかかっても完遂させることにしていた。

「あの中には、ほとんど毎日行ってましたからね。やっぱり、記憶を消されたわけじゃなかったんだ。千寿さんの中に残っていて、時々出てきてるんですよ」

「懐かしい、そんな感じがするっていうだけだが」

「いいえ、覚えてると思います」

和喜は確信を持って言った。

千寿が子供たちに食事をさせているのを見て、感じたのだ。

「さっき、夜にスプーンを持たせてたでしょう。夜は気難しいところがあって、手の添え方が悪いと泣くんです」

「え……そうなのか？」

千寿は爆発物の存在を知らされたかのように、ビクビクしながら隣の夜を見た。

つい今しがた、手づかみでご飯を食べようとして、千寿にスプーンを握らされたのだ。でも夜はご機嫌でご飯を掬って口に入れている。

「何かちょっとしたことが気に入らないみたいで、俺がやってもいまだに泣かれることがあるんですよ。でも千寿さんは、すごく自然で綺麗なフォームでした。動きに無駄がない」

「ゴルフのスイングの話みたいだな」

でも、夜が手づかみしているのを見つけてから、スプーンを握らせるまで、ごく自然な、いつも通りの動作だった。

「ピンとこないかもしれませんけど、俺も以前の千寿さんも、最初は何もできなかったんです。子供の世話にオロオロしっぱなしでした」

人間の赤ん坊のように、産後の検診やケアがあるわけでもなく、まったくの素人が二人きりで三つ子を育ててきた。

育ててみてわかったのは、本当に自分たちが何もわからないのだ、ということだった。

人間の育児や、千寿が妖狐の世界で聞いていた常識に従いはするものの、細かいことはまったくわからない。自分たちの方法が正解なのか不正解なのか、不正解だとしたら、子供たちが成長した時に取り返しがつかないことが起こるのではないか……始終そんな不安に襲われ、戦々恐々としながら今に至る。

今も何が正解なのかわからないのは同じだが、子供たちが楽しく幸せそうに過ごせるなら、まずは合格点としよう。そんなことを以前の千寿と話していた。

「だから、さっきみたいに自然に介助できるまで、すごく大変だったんですよね。手を出すタイミングもわからないし。千寿さんの記憶がまったく消えてたなら、あんな風にはできないなって」

結界に入って懐かしさを覚えたように、身体に染み付いた動作が自然に出てくるように、千寿の中には確かに、今までの記憶がある。

それがたびたび、こうして表層に現れる。記憶喪失の原因は五百紀の妖術によるものだ。怪我の後遺症などとは違う。妖術を使って取り戻せないだろうか。

「そうか。そうだな」

和喜が見解を語ると、千寿も納得したようだった。

その日は一日、千寿にも仕事を分担してもらったおかげで、ここ数日の悩みが嘘のようにスムーズに作業が進んだ。

記憶を失う前の素地があるとはいえ、千寿は基本的に何もわからない。和喜がやった方が早いということに変わりはないが、素直に聞いてくれるし、呑み込みも早かった。

「やっぱりすごいですね、千寿さん。憶えるのが早いです」

洗濯物を綺麗に畳むのを見て褒めると、千寿は気まずそうに軽くこちらを睨んだ。

「過剰に褒めなくてもいいんだぞ。そもそも、家事が何もできないことが問題だったわけだし」

和喜が、子供に対するように褒めて伸ばそうとしているのだと思ったらしい。褒めるとかえって、居心地が悪そうにする。

「本当にすごいと思ってるんですよ。でも、すみませんでした。千寿さんは、少し説明しただけで、こんなにちゃんとできるのに。俺、一人で抱え込んで勝手にイライラしてました」

ここ数日の閉塞感は、すべて和喜の至らなさが原因だという気がする。勝手にテンパッて、家族に迷惑をかけてしまった。

しきりに後悔していると、「和喜が謝ることはない」と優しい声がしてハッとした。

「こんなによく暴れる生き物を三人も抱えてるんだ。俺はまったく使えないし、イライラするのは当然だと思う。俺こそすまなかった。自分が人間じゃないってことも、お前の話も、本心から信じきれずにいた。お前の説明不足じゃない。俺が、家のことにも及び腰だったんだ」

すまなかった、と頭を下げられて、和喜は慌てた。

「千寿さんは悪くないです。悪いのは千寿さんのお父さん、五百紀様ですよ」

「俺もそう思う」

あっさりと、千寿は言い、二人は顔を見合わせて笑った。

「悪いのは俺の親父だ。話し合いの場も持たずに、一方的に息子一家を攻撃したんだ。普通は言い分くらい聞くべきだろう」

「それはまあ、確かに」

「ぼんやりとした記憶しかないが、親父と仲が悪かったというのは何となくわかる。今もいけ好かない気分だからな。五百紀が悪い。俺たちは悪くない」

千寿と和喜が妖狐一族の慣例を破ったのは確かだが、こちらだって、根回しや準備をしてから、実家と話し合うつもりだった。そうさせずにひたすら追い込むような真似をしたのは五百紀だ。

これまでは五百紀や千寿の実家への負い目があった。力任せのこの扱いを理不尽だと思いつつ、五百紀に攻撃されても仕方がないと、どこかで諦めてもいたのだ。

「そうか。俺たちは悪くない。そうですよね」

「ああ」

静かで自信に満ちた目で微笑む千寿は、出会った当時の彼をほうふつとさせる。

和喜は、千寿が妖狐だと知らなかったし、絶大な力を持っているなんて夢にも思わなかった。

通りすがりに足を止め、困っている和喜に手を差し伸べてくれた。そんな優しい彼だから好きになったのだ。

妖狐でも人間でも関係ない。やっぱり自分は千寿が好きだ。

千寿は記憶を失っても頼もしい。でも、そんな彼に頼るばかりではなく、自分も頼られるようにならなくては。

この先も彼や子供たちと共にいるために、いつか一族に認められるために、強くなろうと思う。

「ありがとうございます。千寿さんにそう言ってもらって、すっきりしました」

微笑むと、千寿は眩しそうに瞬きをして、照れ臭そうに視線を背ける。「そうか」と、ぶっきらぼうに返した。

その日、夕食を終えると、和喜はもう一度、百王丸に連絡を取った。今度は千寿と子供たちも一緒だ。

「じいじ！」

通信が繋がって百王丸の映像がリビングに浮かび上がると、子供たちがそこへわらわらと集まる。

じいじ、じいじと抱きつこうとしてすり抜け、ぽてんと床に転がった。

「……お祖父様」

大きく目を瞠って映像を見つめていた千寿が、小さく呟く。ひ孫たちに相好を崩していた百王丸も、千寿に視線を向けて微笑んだ。

『憶えていたか』

嬉しそうな百王丸の声に、和喜は胸が痛くなる。朝の通信ではどんと構えていて、千寿のことなど心配していないような顔をしていた。でもやはり、孫のことを案じていたのだ。

「――憶えています。名前は百王丸。俺の祖父だ。ただ、それ以上のことを詳しく思い出そうとすると、記憶に靄がかかったように曖昧になる」

千寿は百王丸を見つめ、自分の記憶を確認するようにゆっくりと言った。百王丸も通信の向こうで顎に手を置き、「ふむ」と考え込む仕草をした。

『五百紀の術は、さほど手の込んだものではなさそうだな。奴がその気になれば、魂に刻み込まれた記憶ごと、漂白することもできる』

それを聞いて、和喜は戦慄した。隣で千寿も、ぐっと怯んだように息を呑む。

記憶を漂白したうえで新たな記憶を書き込めば、千寿が記憶を取り戻すことは不可能だったと、百王丸は言う。

『そうしなかったのは親心なのか。それとも、自分と互角の力を持つ千寿に、強い術をかけられなかったのかはわからないが。ともかく、五百紀がお前にかけた術は単純なものだろう』

百王丸の見解は、和喜のそれとほぼ一致していた。

千寿は、自分が人間だと信じ込まされている。その事実に都合の悪い記憶が、曖昧になるような仕組みになっているようだ。

『自分が妖狐だという、心からの確信が得られれば、五百紀の術は解けるだろう』

「俺はもう、そのことは疑っていませんが」

自分は妖狐の次期総領で、人間の和喜と伴侶になり、三つ子は自分の子供。その和喜の説明を、今はもう疑っていない。

『話は理解しているんだろう。だが、一度植え付けられた認識は、なかなか覆るものではない』

「どういうことですか？」

和喜は尋ねた。理解しているのに、認識が覆らないとは。

『お前は実は人間ではなく犬だ、と言われて、その客観的に疑いようのない証拠を突き付けられるとする。証拠があるから、自分が犬だというのは本当なのだろう、と理解する。だが心から納得できるか？　と言われれば話は別だ』

確かに、実はお前は犬だったと言われても、今この時から犬として生きられるか、と言われたらできない。

極端に聞こえるが、千寿に突きつけられた現実は、あながちこの例えから遠いものでもないのだろう。

自分の信じている現実が足元から崩れる。それは、どんなに恐ろしいことだろう。和喜は今になってようやく、千寿の感じている不安を理解した気がした。誰にも泣き言を言うことができず、辛かったのではないか。

「つまり、無自覚の意識を自力で変えるのは難しい、ということですね。ただ話がわかっただけでは、術は解けない。記憶を取り戻すのと同じくらい難しいな」

和喜は内心で案じたが、千寿はそれを少しも面には出さない。今も冷静だった。

『まあな。しかし、儂が言いたいのは、五百紀の術が思っていたより緩くて大雑把だということだ。妖狐の力を使って術を打ち消さなくとも、人間の力でも記憶を取り戻すことは可能だ』

それは和喜たちにとって、朗報だった。

今、千寿は妖術を使えない。百王丸がこちらに来ることもできない。妖術を使って五百紀の術を打ち消すことは現状では叶わない。だが、妖狐の力に頼らず記憶を取り戻せるかもしれないのだ。

『簡単ではない。が、不可能でもない。それに千寿。お前は人間の格好をしているが、妖術が使える。使い方を忘れているだけだ。こちらの使い方を思い出すのが、認識を変える近道かもしれんな』

ただ単純に、意識を変えろと言われても難しいと感じていた。百王丸がヒントを与えてくれたのはありがたい。

『それとな。五百紀とようやく面会が叶い、先ほど話をしてきた』

百王丸が声のトーンを変えたので、千寿と和喜は居住まいを正した。

『お前たちへのこの仕打ちが正しいとは思えん。抗議もしたが、五百紀は態度を変える気はないようだ』

親子とはいえ、現総領は五百紀である。一族の長は王に等しく、総領の決定を他の者が覆すことはできないのだという。

先代総領である百王丸が間に入ってくれれば、あるいは……と思っていたが、やはりそう甘くはないようだ。

和喜は落胆したが、百王丸は『だが』と言葉を続けた。

『交渉はした。いくら慣例を破ったとはいえ、ただいたずらに息子を押さえつけ苦しめるだけでは、一族内部に反発が出るやもしれん。そう言いくるめてな、奴の言質を取った』

百王丸はそこで言葉を切り、ニヤリと笑う。

『お前たち一家に課題を与える。課題に取り組んでいる間は、五百紀も手や口を出さないと約束させた。さらにこの課題をクリアできたなら、五百紀率いる我らが一族は、正式に和喜の存在を認める。お前たちが望む通り、三つ子が大きくなるまで人間界にとどまることも許すそうだ』

「……本当ですか」

和喜は思わず身を乗り出した。一族に認めてもらうのは、険しい道だと思っていた。百王丸は大きくうなずく。鋭い眼光で、千寿と和喜を射抜いた。

『課題というのは、お前たち一家の力だけで、千寿の記憶と妖狐の力を取り戻すこと。儂や他の妖狐の力を借りてはならん。そもそも、五百紀のせいで直接の接触は不可能だからな。泣きつかれても、手を貸してやることはできん。記憶を取り戻した時点で、まだ互いを伴侶にしたいと望むのであれば、二人の仲を認めるものとする』

記憶を取り戻すことが、一族に認められることに繋がるとは。ありがたい条件ではある。ただ、先ほど百王丸も言ったように、五百紀の術を妖狐の力に頼らず打ち消すのは、簡単なことではない。

千寿は隣で複雑そうな表情をしている。記憶は取り戻したいが、二人の関係を認めるの認めないのと言われてもよくわからないのだろう。和喜も手放しには喜べなかった。

『五百紀の奴は、端から無理だと考えている。そのうち、千寿か和喜のどちらかが音を上げるだろうと踏んでいるようだ。だから儂の提案を呑んだのだろう。しかし、儂はそこまで不可能だとは思っていない』

百王丸の、こちらを見る眼差しが柔らかく和む。そういう顔をすると、千寿によく似ている。

『先ほども言ったが、千寿。お前の力は眠っているだけだ。まずはどうにかして、妖術の使い方を憶えろ』

使い方がわかれば、力を使えるのは当然だ。その使い方がわからないのが問題なのだが。千寿も困り顔で祖父に助力を求めた。

「何か、コツのようなものはないんですかね」

『そんなものはない』

即答されて、千寿の眉がハの字に下がった。耳と尻尾があったらしゅんと垂れていただろうな、と和喜はこっそり思う。

『制御方法は大人から教わるが、力そのものは、生まれた時から備わっているものだからな。手足の動かし方を教えてくれ、と聞かれても困るだろう』

そういうものなのか。人間の和喜にはわからない感覚だ。それは今の千寿も同じだった。

『そう簡単にはいかんだろうが、とにかくやってみろ。幸い、期限も設けていない。儂も力は貸せないが、助言くらいは許されている。こちらも何か有益な情報がないか探ってみる』

難しいけれど、この課題をクリアできれば、和喜たち一家が抱えている問題はすべて解決するのだ。百王丸が五百紀と交渉してくれたおかげだ。

「お祖父様、ありがとうございます。俺たち、頑張ってみます。ね、千寿さん」

「あ、ああ」

隣の千寿を促すと、彼も思い出したようにうなずいてから、居住まいを正した。

「お祖父様。俺たちのために動いてくださって、ありがとうございます」

妖狐の世界について、はっきりとはわからなくとも、百王丸が千寿たちのために尽力してくれたことは理解している。

礼儀正しく謝辞を述べる姿に、百王丸はくだけた笑顔を見せた。

『大したことはしとらんよ。ああそれと、力の使い方を試行錯誤する時は、念のために結界に入ってやれよ。和喜に魂を半分分けた今でもなお、お前の力は五百紀と同等か、それを上回る。暴走すると人間界がえらいことになるからな』

強大な力があると言われても、今の千寿にはピンとこないのだろう。曖昧にうなずいた。

『課題に関係なく、もしも何かあれば言ってくれ。今儂にできることは少ないが、できる限り助けになろう。何かなくても、定期的に連絡をくれ。お前たちのことが気になるんでな』

直接会うことは叶わなくても、こうして話ができるのはありがたい。千寿とかかわるがわる礼を言い、また連絡すると約束した。

最後に、子供たちがしばし会話に加わる。大人たちが話をしている最中も、じいじじいじとうるさかったのだ。

「大じいじと遊びたいの」「また、大じいじのおうち行ってもいい？」「じ！」

『じいじもお前たちと遊びたいんだがな。今は道が工事中で通れないんだ。工事が終わったら来るといい』

百王丸は子供たちをなだめながらも、嬉しそうに相好を崩していた。


千寿の記憶を取り戻すには、眠っている妖力を使えるようにするのが近道だ。

百王丸の助言に従って、千寿と和喜は試行錯誤を始めた。

「しかし、よく考えると『内に秘めし力を覚醒させろ』って、中二病っぽいな」

「もう、そんなこと言わないで、ちゃんと信じてくださいよ」

やはり千寿はまだ、意識的には人間のままなのだ。いかにも人間らしい感想を言うから、和喜は軽く睨んでみせた。

百王丸と話をした翌日、朝のうちに家の用事をすべて済ませると、一家で結界に入った。

今日は和喜がお昼のお弁当を作り、水筒やレジャーシート、子供たちのお昼寝用にタオルケットを持ってきている。

これから日中ずっと、結界にこもって子供たちを遊ばせつつ、力の使い方を試行錯誤するためだ。

とはいえ、妖狐の力の使い方など人間にわかるはずもなく、午前中は子供たちと遊んでいるうちに終わってしまった。

子狐の姿で追いかけっこをしていた三つ子たちが戻ってきて、お腹が空いたとキュゥキュゥ鳴きながらまとわりついてくる。

「お昼にしましょうか。今日のお弁当はちょっと、凝ってみたんですよ」

少しでも楽しい気持ちになれるようにと、ピクニック弁当を作ってきた。

和喜たちは今から試練を乗り越えなければならない。しかし、あまり深刻になりすぎては気力が続かない。できるだけ楽しく明るい気持ちで過ごせればと思ったのだ。

「ちょっとどころじゃない。豪華だな」

水場で泥んこの子供たちの手を洗い、レジャーシートを敷いてお弁当を広げる。子供たちと一緒に千寿も興味津々でお弁当箱を覗いた。

おかずはそれほど豪華ではないが、いろどり良く詰めている。おにぎりに海苔（のり）やハムで顔を描いたり、ウインナーでタコやカニを作ったりしたのは、子供たちを喜ばせるためだ。

しかし、ウインナーにもっとも輝かせたのは、千寿だった。

「これがタコさんウインナーか」

しげしげとタコを眺めてから、ひょいっと手で取って口に入れた。

「あっ、つまみ食い」

和喜はそれを見て、つい子供にするように、「めっ」と言ってしまった。千寿は楽しそうに笑う。

子供たちは「とおさまずるい」と言い、自分たちも食べたいとねだる。千寿はさっきと同じように手でつまんで、子供たちの口の中に順に放り込んでいった。

「お行儀が悪いですよ」

わざとやっているな、と和喜も顔だけは怒った表情を作って注意した。

「とおさま、めっ、されてる」

子供たちも楽しそうだ。コロコロ笑うのを見て、しょうがないなあと呆れつつ、和喜も楽しい。

それからみんなで、お弁当を食べた。

「記憶を失う前に、食べたのかもしれないが」

自分の皿に取り分けたカニさんウインナーを見つめながら、千寿がしみじみとした声で呟く。

「憶えている限り、こういうものを食べるのは初めてな気がする」

まるで、ずっと欲しかったおもちゃを手に入れたような、喜びと感動の混じった表情をしていた。

「妖狐に食事は必要ありませんからね。千寿さんが日常も人間と同じように食事をするようになったのは、俺と同居してしばらく経ってからです。だから、今の千寿さんが初めてだっていうのは、あながち間違ってないと思いますよ」

千寿はじっとカニさんウインナーを見つめた後、ぱくっと食べた。

「美味(おい)しい。普通のウインナーより、こっちのほうが美味(うま)い」

朝ご飯に出したウインナーと同じなのだが、千寿には美味しく感じるのだろう。子供のように屈託のない笑顔に、和喜もほっこりする。

「俺は弁当に憧れてたんだ。さっき、思い出した」

初耳だった。「そうなんですか」と和喜が驚くと、千寿は記憶をたどるように、ぐるりと目を動かしながらうなずいた。

「大学にいた頃の記憶を、思い出した。サークルの女子が、母親が作ってくれたっていう弁当を持ってきていたんだ。それが美味しそうで、食べてみたいと思った。母親の食事ってのが、どんなものだろうと興味が湧いて……」

過去の思い出をたぐっていた千寿が、そこで不意に目をつぶって頭を振った。

「大丈夫ですか」

「ああ。今、急に頭の中が真っ暗になった気がして。自分の母親のことを考えようとしたんだ」

五百紀の妖術で、記憶に規制がかかったのだ。妖狐の記憶に関わることだから、だろうか。

「俺にも、産みの母親はいるんだろうな。それは人間なんだろう?」

和喜はうなずいたものの、事実を告げるのを一瞬ためらった。

「生まれるためには、人間の腹が必要ですから。ただ、千寿さんの実際の年齢は二百歳を超えてるんです。だから……」

千寿を産んだ母親は、もうこの世にはいない。口ごもる和喜に、千寿は優しい笑みを浮かべた。

「何だ、気を遣ってくれたのか。それは、最初にお前が説明してくれたからわかっている。俺は生まれてすぐ、親父と一緒に妖狐の世界に戻ったんだろう?」

「はい。乳母というか、子育てをする使用人がいて、その人たちに育てられたんだと言ってました」

五百紀にも妖狐の伴侶がいるのかもしれないが、その存在を千寿の口から聞いたことがない。継母が子育てに関わったことはないはずだ。

爺やの五十上翁たちに大切に育てられ、祖父も可愛がってくれたが、五百紀は厳しかったし、そもそも総領の彼は多忙だった。

若様として大事にされながらも、どこか寂しかったのだと、以前、千寿が言っていたことがある。

人間界に来て、人の子が母親の手作り弁当を食べているのを見て興味を覚えたのは、そんな寂しさが根底にあったからだろう。

「使用人か。やはりピンとこないな」

「現代日本で『使用人』がいる家庭なんてそうそうないですからね。俺も初めて聞いた時は、時代劇みたいだって思いました」

当時のことを思い出して、苦笑する。隣では夜が、食べかけのおにぎりをボロッと落としていた。泣きそうになるので、大丈夫だよと拾ってやる。大好きな鮭（さけ）の具の部分を口に入れてやると、笑顔になった。

しばらくの間、黙って和喜と子供の様子を見ていた千寿は、不意に口を開いた。

「和喜にとっても当然、妖狐の世界は異世界なんだよな。そこへ行くことに、不安はないのか」

「それは、まあ。不安といえばすごく不安ですね。どんな場所だかもよくわかりませんし」

まだ和喜は、妖狐の世界のことをよく知らない。百王丸の屋敷に数回招かれたことがあるだけだ。先日、五百紀に捕らえられてあちらの世界に連れていかれたが、あれは特殊な状況なので、参考にはならないだろう。

「でもまあ、家族がいれば何とかなるかなって、思ってます。それに、連れていってもらえないと困るというか。俺はもう、人間としては中途半端ですから」

人間とは寿命の長さがまったく異なる。千寿と共に緩やかに年を取る和喜は、人間の世界では異質すぎて、長く同じ場所には住めないだろう。

千寿や子供たちと離れ離れになり、独りぼっちで人間界に置いていかれるのだけは嫌だ。それなら、舅にいびられながらでも、妖狐の世界に行きたいと思う。

「中途半端か。昨日、お祖父様も言ってたな。魂を半分に分けたと。それで、和喜の寿命が延びたんだよな」

「そうです。だから、普通の人間よりは丈夫らしいですよ。妖術は使えませんけどね」

「怖くなかったのか？　いくら寿命を延ばすためだからって。そこまでして、俺や子供たちと一緒にいたかったのか」

そういえば、千寿には子供が生まれる時の状況を詳しく話していないのだった。和喜に魂を半分分け与えたのは、単純に寿命を延ばすためだけだと思っているようだ。

「ずっと一緒にいたい、っていう思いも、もちろんありますけど。あの時は、千寿さんと俺の両方の願いを叶える方法が、他になかったんです」

「どういうことだ？」

怪訝そうに首を傾げる千寿に、和喜は思い切ってすべて打ち明けた。

男腹が妖狐を産む場合、赤ん坊が生まれると同時に間違いなく母体は絶命するということ。それを知った千寿が、腹の子を殺して和喜を守ろうとしたこと。

和喜は自分の命と引き換えにしても、子供が生まれてほしかった。千寿は顔も見ていない子供より、和喜を守りたい。

悩んで悩んで、魂を分けることにしたのだと。

千寿が記憶を失った当初は、千寿も狼狽していたし、そんな相手に話すには重すぎる。でももう、そろそろ打ち明けてもいい頃合いだ。

しかし、話を聞いた千寿はしばし、絶句していた。

「お前は……成り行きで俺に抱かれたんだろう？　酔っぱらってお持ち帰りされて」

そういう言い方をされると身も蓋もないが、まあその通りだ。あの時は、憧れの千寿に抱かれた喜びもあったが、それ以上に悲しくて切なかった。

「そういう、不誠実なことをされたうえに、男なのに孕まされて、挙げ句に産んだら死ぬって……何をやってるんだ、過去の俺は！」

千寿があまりに激しく憤るので、和喜は驚いた。子供たちもびっくりしている。

「俺は……何て奴だ。ひどすぎる」

何やらひどい自己嫌悪に陥ってしまった。まあまあ、と和喜はなだめた。

「千寿さん自身、命がけだなんて知らなかったんですよ。知っていたら、絶対に男は抱きませんでした。本人もそう言ってましたし。俺のこともすごく気にしてて」

「当たり前だ。だがいくら後悔したって、和喜の身体は元に戻らないんだろう」

ああ、と嘆いて頭を抱えてしまう。そんなに悩むとは思わなかった。

和喜にとってはとっくの昔に心に折り合いのついたことだったし、子供ができた今となってはむしろ、あの時に抱かれてよかったと、偶然に感謝さえしているのに。

「あ、そうか。順番を憶えてないんだから、戸惑いますよね」

「……順番？」

「俺たちが心を通わせていった、順番です。さっき言ったように、千寿さんは男腹の出産が命がけだって知らなかったんですよ」

最初は確かに、成り行きだった。好き合って結ばれたのではない。子供ができて、お腹の子のために同居を始めた。

そこから少しずつ、心を通わせていったのだ。

いつしか、成り行きだという事実は消えていた。千寿も和喜も、二人の子供ができるのを楽しみにしていた。和喜は人間だから、千寿たちより年を取るのが早いけれど、子供たちが大きくなるまで人間界で一緒に過ごそうと誓った。

「もともと、子供たちが生まれた後も一緒に暮らすつもりだったんです。妖狐の一族は普通、そんなことはしないのに。千寿さんは次期総領なのに、慣例を曲げても、一緒にいたいと言ってくれたんですよ」

千寿が誤解をしているようだから、そこは言っておきたい。最初は成り行きだったが、千寿が無理やり和喜の運命を捻じ曲げたのではない。二人で悩んで、話し合った末に選び取ったのだということを。

「そりゃあ、異世界に行って暮らすのは不安もありますし、舅もあんな感じですけどね。でも後悔はしてません。天涯孤独だったのに、こんなに賑やかな家族ができて。千寿さんには感謝してます」

「感謝……？」

「そうです。俺、幸せですよ。……好きな人と結ばれて、子供までできたんですから」

道のりは大変だったけれど、たどり着いてみると最初にこの道を選んでよかったと思う。だから、記憶のない千寿が過去に自分のしたことで苦しむ必要はないのだ。それをわかってほしい。

そんな思いで言ったのだが、千寿は大きく目を見開いたまま、固まっていた。

「——す」

「す？」

やがて口を開いたが、「す」と言ったきりその先が出てこない。はて、と聞き返すと、なぜか気まずげに目をそらされてしまった。

「いや……その、お前が後悔していないならよかった」

何を言おうとしたのか、結局、千寿は曖昧に濁して教えてくれなかった。それから、ぎこちない動きでウインナーを食べようとして、ポロッとこぼす。

「あっ」

千寿は一瞬固まって、次いで悲しそうな顔になった。さっき、おにぎりをこぼした夜の表情にそっくりで、和喜は思わずプッと吹き出してしまう。

じろりと恨めしそうに睨まれて、余計におかしくなった。

「千寿さん、意外とおっちょこちょいですね」

記憶を失う前もそうだったが、千寿は難しいことでも完璧にこなすのに、たまにポロッとドジをする。そういう隙のあるところが可愛らしい。本人に可愛いなんて言ったら、不貞腐れてしまうから言わないけど。

（記憶がなくても、変わらないなあ）

愛おしさが込み上げてきて、顔が綻んだ。千寿の膝の上に落ちたウインナーを拾って食べ、かわりに千寿の皿に新しいウインナーを取り分けてやる。

「はい、新しいのあげますから、泣きそうな顔しないでください」

「な……そんな顔はしてない」

和喜が面白がっているのがバレたのか、顔を赤くしてプイッとそっぽを向いた。それでもウインナーを食べる時には、口元がニマニマして嬉しそうだった。可愛いなあ、と和喜も心の中で思って、にまにまする。

その日は結局、午後もみんなで遊んで終わった。でも、子供ばかりか千寿も和喜も思いきり楽しんだ。充実感を味わって、夜は家族みんな同じベッドでぐっすり眠る。

まだ何も解決はしていないけれど、和喜はそれだけで幸せを感じるのだった。

その後、千寿は数日のうちに家事や育児を憶えてきて、和喜もだんだんと仕事を分担できるようになった。

子供の耳と尻尾を隠せないので、みんなで外出するのは難しいが、買い物も子供たちとの留守番も千寿に心置きなく託せるようになって、生活には困っていない。

千寿が妖力を使えない、ということを除けば、生活は元に戻りつつあった。

子供たちがのびのび過ごせているなら、当面は問題ない。課題に期限はないというし、焦ってもいいことはないから、のんびり構えていよう。

和喜はそう考えていたし、千寿に言ったら、その通りだと賛同してくれた。だから千寿も、今の生活スタイルに納得していると思っていたのだ。


その日は午前中、和喜が留守番をして、千寿が買い出しに出掛けていた。

帰ってきて、キャベツが安かったとか、現金が足りないから銀行でおろしてきたとか、所帯じみた報告を聞く。

その時も、千寿は何か言いたそうにしていた。けれど、子供たちが「とおさまー」とまとわりついてきたからか、すぐに口を噤(つぐ)んでしまった。

「どうしたんですか」

「いや、後で話す」

子供の前では言いにくい話らしい。何だろうと気にはなったものの、後でと言われたので聞き返せなかった。

話を聞けたのは、午後になってからだ。

「話があるんだが」

子供たちが昼寝をして、束の間の大人だけの時間、コーヒーでも飲もうかという段になって、千寿が改まった口調で切り出した。

思いがけず深刻な表情に、和喜はどきりとする。一瞬でいろいろな想像が頭を巡った。とりあえずコーヒーを淹れて、千寿とリビングのソファに座る。

「話って、何でしょう」

ドキドキしながら相手を窺うと、千寿もこちらの緊張に気づいて表情を変えた。

「いや、そんなかしこまった話じゃない。ただ、銀行の残高が少なかったのが気になったんだ」

それを聞いた途端、和喜は身体の力が抜けるのを感じた。

「何だ。びっくりした」

そんなことか、と拍子抜けしたが、千寿はまだ心配そうだった。

「別の口座に残高があるのか？　俺もお前も働いてないんだろう」

このマンションは分譲だが、家族五人が人間界で暮らしていくには、日々お金がかかる。千寿が妖狐の時にはあまり話題に上らなかったが、人間なら当然の心配だ。

「別の口座というのはありません。でも、我が家の口座残高はそのうち増えます」

何と説明したものか、と悩みつつ、ありのままを話してみる。案の定、千寿は怪訝な顔をした。

「ちょっと、意味がわからない」

ですよね、と和喜もうなずく。

「えっと、俺も上手く説明できないんですが、我が家には不労所得があると考えてください。金融資産も不動産も、具体的なものは何一つないんですが……そろそろお金が足りないな～って思っていると、いつの間にか口座の残高が増えてるんです」

目の前の、形のいい眉がすっとひそめられ、難しい表情になる。千寿の頭の中がはてなマークでいっぱいになっているのが、はた目にもわかった。

和喜も最初は困惑した。今もってよくわからない。ただ、千寿は過去の和喜より素早く状況を理解したようだ。

「つまり、妖狐の力で残高が増えるってことか？　あの書斎の奥の結界と同じく、記憶を失う前の俺が、用意したのか」

「そうです。さすが千寿さん」

察しがいい。和喜は大きくうなずいた。

千寿が記憶を失った直後、彼が妖力を使えず結界の中にも入れなかったので、家計をどうしようかと和喜も心配していた。

しかし千寿は、万が一、自分がいなくなった場合にも和喜と子供たちが困らないように、妖術をかけてくれていたのだ。

和喜の指輪にかけられた妖術が発動した時、過去の千寿がそれを教えてくれた。

「妖術でお金が湧くって、木の葉を小判に変えるみたいで、インチキに聞こえるかもしれませんけど。妖狐の妖術も才能ですからね。才能は財産ですから」

人間界では往々にして金品などの物質が財産であり富とされるが、妖狐の世界では妖力そのものが富であり権威である。妖術によって、物質的な富をいくらでも生むことができるからだ。

「だから、巨大な妖力を持つ千寿さんは、ものすごいお金持ちなんです」

「それも詭弁(きべん)に聞こえるが……」

和喜はインチキではないことを必死に説明したが、すればするほど胡散臭く聞こえるようだった。

千寿の目がどんどん胡乱(うろん)になる。

「犯罪じゃないし、誰かが困るわけでもないんだから、いいじゃありませんか。お金の心配をせずに子育てに専念できるなんて、本当にありがたいですよ。俺なんて、一人だった頃はお金のことばかり考えてましたから。心に余裕もなくて、辛かったです」

家族を失ってから一人で暮らした、薄暗い安アパートを思い出すと、今も悲しい気持ちになる。

同じ思いを子供たちにさせたくないし、お金の心配をしなくていいなら、理屈なんてどうだっていいというのが和喜の本音だ。

言い募ると、千寿は降参、というように諸手を挙げて「わかった」とため息をついた。

「これについてはもう、深く考えないでおく。和喜の言う通り、子供の世話を二人でできるのは助かるからな」

そうは言いながら、千寿の表情は晴れなかった。納得していないというより、他にも気がかりがある顔だ。

「他にも、心配事や不安に思うことがあるんですか」

和喜が声をかけると、驚いたように目を瞠った。

「今、そんな顔をしていたか？」

気づかれるとは思わなかった、という口調だ。和喜はクスッと笑った。思い出し笑いだ。

「千寿さん、何か考え事をする時、じっと一点を見つめる癖があるでしょう。記憶を失う前のあなたに聞いたんです」

千寿は時たま、じっとあらぬ場所を見つめていることがある。何を見ているんですか、と尋ねた時に、本人が言っていたのだ。

何か気がかりな問題があると、考えることに集中して一点を見つめてしまうらしい。集中していて自分自身は気づかないので、和喜はそれから、じっと視線を定めて黙っている千寿を見ると、何かあるんですかと尋ねるようになった。

「前の俺が言ってたのか。そうか、お前とはもう、何年も付き合っているんだよな」

それが落胆するような声音を帯びていたので、ギクリとした。

忘れていた、というより無意識に考えないようにしているのかもしれないが、今の千寿にとって、和喜は伴侶ではない。恋愛感情はないのだ。

自分たちの過去の関係を匂わせるのは、あまりいい気分ではないのかもしれない。

「別に心配事ってほどでもない。俺だけの問題だから、安心してくれ。気を遣わせたな」

詮索を拒むように千寿が言い、席を立とうとした。

「待ってください」

和喜は咄嗟にそれを引き止めた。

「今の千寿さんにとって、俺はただの後輩なんだってことはわかってます。でも、俺にとって千寿さんは家族なんです。役に立たないかもしれないけど、何か悩んでるなら言ってほしい。一人で抱え込まないでほしいんです」

家族や伴侶に秘密はなし、というわけではない。胸にしまっておく思いの一つや二つはあるだろう。でも悩んだり苦しんだりしているのなら、打ち明けてほしい。悩むなら一緒に悩みたい。

話すことで気持ちが軽くなる場合もあるだろう。

「以前、あなたから言われたんです。重荷を自分だけで持つ必要はない。相手にだけ持たせて負い目を持つ必要もない。二人で分かち合おうって」

重大な決断を下す前だった。悩み戸惑う和喜に、一緒に考えようと言ってくれたのだ。

「俺は憶えてない」

突き放すような言葉が返ってきて、和喜はひやりとした。千寿も自分の放った言葉の冷たさに気づいたのか、「すまない」とすぐに謝った。

「憶えていないことに苛立っているんじゃないんだ。俺が勝手にいじけているだけだ」

「教えてください」

促すと、千寿はソファに戻った。「くだらないことだ」と自嘲する。

「妖狐は妖力の強さこそが力や富だと言ったな。経済的な問題も、それに外敵から守る意味があるという結界も、以前の俺が用意したものだ。それで現在も事足りる。だが今、力を失った俺には何もない。本当に何の変哲もない、ただの人間なんだ。和喜が気にかけてくれるほど上等な存在ではない」

そんなことを考えていたのかと、和喜は軽い衝撃を覚えた。

出会った時から、千寿は常に堂々としていた。平凡な和喜には手の届かない存在のように感じていた。成り行きで肌を重ね、やがて想いが通じ合っても、千寿は頼もしい伴侶だった。

だが今、記憶と力を失った彼は、自信をも喪失している。

優れた過去の自分がいて、和喜や子供たちはみんなそちらを頼りにしている。何も持たない自分に存在する意味はあるのかと、思い詰めていたのだ。

何を馬鹿な、とは言えなかった。自分が何も持っていないという負い目を、和喜自身もまた持っていたからだ。

だから、千寿の不安はよくわかる。和喜は千寿の膝の上にある手を取った。

「俺が好きになった人は、お金持ちでも妖狐一族の次期総領なんかでもなくて、ただの大学の学生でした。キャンパスで具合が悪くなって、でも誰も振り向いてもくれなくて、悲しかった。千寿さんだけです。見ず知らずの俺を介抱して、優しい言葉をかけてくれたのは」

千寿がどこかの御曹司らしい、ということはサークルの噂で知っていたけれど、だから好きになったわけではない。妖狐だと知ったのも、抱かれてしばらく経ってからだ。

「あなたのことを愛したのも、妖狐として力があるからとかじゃなくて、千寿さんが千寿さんだからです。思いやりがあって優しくて、尊敬できる人だから。上等な存在じゃないなんて、言わないでください。何もかも失っても自棄にならず、俺や子供たちのことを気遣ってくれるんだから、千寿さんはやっぱり、俺の大好きな千寿さんですよ」

自分にとってどれほど大切な人なのか、知ってほしくて懸命に言葉にしたが、千寿が目を見開いたまま固まっているのに気づいた。

手を握って愛しているとか好きとか、盛大に告白してしまった。

「すみません。困りますよね。後輩の俺に好きとか愛してるとか言われても」

和喜は慌てて握っていた手を離した。千寿も同じく慌てていて、「いや」とか「そんなことは……」と、モゴモゴ呟いている。

「とにかく、千寿さんは妖狐の力がなくても、そのままで充分素晴らしい人です。そもそもそれを言ったら、俺の方こそ価値のない人間です。特別な力があるわけでもないし、ただ千寿さんと子供を作ったっていうだけで。千寿さんが妖狐の慣例を破って俺を伴侶にしたせいで、お義父様の逆鱗に触れたんです。存在価値がないどころか、足手まといっていうか……」

どんどん卑屈な言葉が出てくるので、自分でも困った。本当のことなのが、また悲しい。

「また墓穴掘っちゃった。でもだから俺、千寿さんが今みたいに不安になる気持ちもわかるんです。俺と同じだから」

「ずっと、悩んでたのか？」

気遣うような声に、和喜は少し考えて、かぶりを振った。

「悩んでたってほどじゃないです。千寿さんと暮らしてから幸せだったし、今も幸せです。ただ、千寿さんの実家のことを考えると、申し訳ないっていう気持ちがありました」

五百紀が現れてからは、特に。一族に歓迎されていないのだという事実を、なるべく考えないようにしているけれど、事実を頭から消すことはできない。

許嫁の存在も、親が勝手に決めたとはいえ、気にせずにはいられない。一族から祝福される相手の方が、千寿も幸せになれるのではないか。

千寿の愛情を疑っているのではない。ただ、和喜の存在が千寿や子供たちを不幸にするのではないか、という不安はいつも、心のどこかにあった。

割り切ったつもりでも、不意に不安は意識の表層に現れる。

「和喜」

今もまた、思い出した不安に呑み込まれそうになっていると、不意に名前を呼ばれた。先ほど和喜がしたように、手を握られる。

「さっきのお前の言葉、嬉しかった。慰めでも同情でもなく、お前の本心なんだろう？」

和喜は戸惑いながらも、こくりとうなずく。相手を窺い見ると、優しい眼差しにからめとられた。

「だから俺も、本心で話す。記憶を失う前に何を考えていたのかはわからない。だが少なくとも今の俺は、不安な時や苛立った時にお前がいてくれて、救われているし癒やされてる。隣にいるのがお前でよかった」

千寿の言葉が一つ一つ、乾いた地面に染みる雨のように、和喜の心に沁み渡った。

「ほ……本当に？」

「ああ。お前が俺の力に惹かれたのではないように、俺もお前が何者でも構わない。妖力とやらがなくても、お前は俺や子供たちに惜しみなく充分な愛情を注いでくれる。それ以上、何を望むことがあるんだ？」

慰めではない、千寿は本気で言ってくれている。いやそもそも、上っ面の言葉で大事なものを取り繕う人ではない。

喜び、安堵、千寿への想い。きっとすべてなのだろう。それらが同時に溢れ出て、気づけば涙を流していた。

「……すみません、俺。嬉しくて」

たぶん自分はずっと、今現在の和喜自身を誰かに肯定してほしかったのだ。本当に自分には何もない。千寿と子供たちを愛する以外に何もできない。

でもそれだけでいいのだと、千寿が言ってくれた。

「和喜」

「あの、少しだけギュッとしてもいいですか」

千寿に抱きつきたい。和喜が泣いていたからだろうか、千寿は戸惑った顔をしながらも、うなずいてくれた。

許可を得て、和喜はぎゅっと隣に座る千寿に抱きつく。

服越しに、じんわりと相手の温もりが伝わってくる。久しぶりに触れる逞しい身体に、懐かしさと甘酸っぱい喜びを覚えて、さらに強く相手を抱きしめた。

首筋に顔をうずめたのは、しかし完全な無意識だ。

「……っ」

甘えるように鼻先をすり寄せた途端、千寿がびくりと身体をすくめて、和喜も我に返った。

「あ、す、すみません」

顔を上げると、千寿が困った顔をしていた。

今の千寿は伴侶ではない、と、何度も頭の中で繰り返していたのに、やってしまった。

オロオロして、自分が顔をうずめた部分を手のひらでゴシゴシ擦った。

「鼻水は付けてません」

「いや。それよりちょっと、離れてくれると助かる」

口ごもりながらもそんな言葉が返ってきて、和喜は青ざめた。

「はい。……すみません」

距離を詰めすぎた。いい気になっていた。深く落ち込んでいると、「いや、だからな」と、歯切れの悪い声がした。

「抱きつかれるのが嫌だったんじゃない。逆だ」

どういうことか。千寿は和喜と目を合わせると、ついと視線を下に向けた。和喜も誘導されてそちらを見る。千寿のズボンの前が、いつの間にかはっきりと膨らんでいた。

「えっ」

夢にも思わなかった反応に驚くと、千寿は見るな、というように恥ずかしそうに足を閉じた。

「しょうがないだろ。お前、何かいい匂いするし」

顔を赤らめて、怒ったように言う。ホッとしつつ、和喜も照れてしまった。

「あ、いえ、気持ち悪くなくて、よかったです」

「そんなわけあるか」

千寿はやっぱり、怒った口調で言った。

「昨日だって、お前の寝顔見ながらモヤモヤしてたんだ」

「モヤモヤ」

「ムラムラともいう。寝ぼけた雪に蹴っ飛ばされなかったら、我慢できずに襲ってたかもな。それでなくても毎晩、同じベッドで寝て生殺し状態だったし」

ぶっきらぼうというか、やけくそ気味に言うのは、照れているからだろう。和喜はどう返していいのかわからず、黙って千寿を見た。

「だから！」

千寿は、そんな沈黙に耐えられなかったのかもしれない。最後はキレ気味になって叫んだ。

「俺だって、好きな奴に抱きつかれたら勃つに決まってる！」

あまりに大きい声だったので、思わず「声抑えて。子供たちが起きます」と言ってしまった。すぐさま、こんな時に言うべきではなかったと後悔する。

千寿は両手で顔を覆ってうつむいてしまった。耳が赤い。ちょっと可愛いな、とこんな時なのにときめきを覚えつつ、和喜は急いで取り成した。

「す、すみません。本当にすみません。でもあの、千寿さんも、俺のことが好きなんですか」

両手の隙間から、じろっと恨めしそうな視線が睨む。

「何も聞き返すようなことじゃないだろ。俺たちは伴侶なんだから」

「それはそうですけど。でも今の千寿さんは、俺と付き合ってからの記憶がありませんし。ただの先輩と後輩くらいに思われてるものだと……」

改めて、先ほどの告白を思い返して赤くなる。すごく嬉しい。しかし、もうとっくに伴侶なのに、どうしてこんなに照れ臭くて甘酸っぱい気分になるのだろう。

千寿は少し落ち着いたのか、顔を上げてソファに座り直した。

「大学でたまに会うお前のことを、俺は可愛いなとか、癒やされるなとか思ってた。それは憶えてるんだ。恋愛感情ではないが、顔を見るとホッとする感じだった」

それは、以前の千寿からも聞いたことがある。和喜はゆるキャラみたいな感じだったと、その時は言われた。微妙な感じだ。

「だからもともと、嫌いじゃなかったんだ。記憶を失った時、お前がいることに戸惑ったが、お前でよかったとも思った。たまにイライラして、怖いなとも思ったが」

「う……それは、すみません」

ほんの数日前のことだが、自分を恥ずかしいと思う。一人で思い詰めていた。

「いや。実際、大変だったからな。俺は戸惑うばかりで何もできなかったが、お前は一人で状況を立て直そうと頑張っていた。今もそうだ。そういうところが好ましいと思ったし、以前の俺を羨ましいと思った」

「羨ましい？」

「俺の映像が現れたことがあっただろう。妖狐の姿をしていた。あの時、俺の名前を呼ぶ和喜を見て、切なくなった」

必死に千寿を呼んでいた。録画された映像だから答えるはずがないのに、縋るように幻影に呼びかける和喜が切なくて、本当に千寿のことが好きなのだとわかった。今の千寿ではない、妖狐の千寿だ。

こんなに必死に、剝き出しの愛を向ける和喜をすごいと思ったし、そんなにも愛される映像の中の自分が羨ましかった。

「けどそれからお前は、俺にも好意を向けてくれるようになった。俺の記憶にあるお前よりも、真っ直ぐで明るくて、温かかった」

千寿の記憶にある和喜は、キャンパスの隅で気弱にひっそりたたずんでいる青年だった。でも今の和喜は、一家を束ねてテキパキ動き、千寿や子供たちを慈しんでくれる。

そんな風に肝が据わっているかと思えば、千寿の映像を見て泣き出す脆いところもあった。

「お前にはいろいろな面があるが、変にごまかしたり取り繕ったりしないだろう？　そういうところが好ましい。それに、一途に俺に好意を向けてくれる。愛している、好きだと言う」

そういえば、そうだった。自分が千寿を好きなのは当然なので、無意識にぽろぽろと言葉が出てしまうのだ。

「……何かすみません」

「どうして謝る？　真っ直ぐに愛情を向けられるのは、こんなにも嬉しいものだと知ったんだ。お前が見ているのは、今の俺じゃない。記憶を失う前の俺だ。わかっているのに、お前が欲しくてたまらない」

顔を上げると、熱っぽい視線が絡んできて、どきりとした。深く黒い瞳に吸い込まれそうになったが、言うべきことを思い出して姿勢を正した。大切なことを伝えていない。

「俺は妖狐の千寿さんだけじゃなく、今の千寿さんも好きです。言ったでしょう、千寿さんは千寿さんだって。今までも今もこの先も、俺にとって千寿さんは大事な人で、大好きな人です」

切れ長の目が大きく見開かれる。本当に？　と、声には出さず形のいい唇が動いた。

和喜がうなずくと、千寿の手がおずおずと和喜の腕に触れる。

「今の俺がお前を抱きしめても、構わないということか」

「むしろ、そうしてほしいです。さっき俺がギュッとしたのだって、身代わりにしてたわけじゃありませんよ。千寿さんが千寿さんだから、欲しい言葉をくれたから抱きしめたかったんです」

そうしてできれば、千寿にも抱きしめてほしかった。言葉にはしなかったが、千寿には伝わったようだ。

触れるだけだった手がしっかりと和喜の腕を取り、引き寄せた。逞しい腕に抱き込まれて、和喜はうっとりする。

相手の背に手を回すと、さらに強く抱きしめられた。思わずホッと息が漏れる。

和喜はさらに、千寿の肩口に顔をうずめた。一瞬だけ、千寿の身体が揺れたが、もう引き離されることはなかった。

身体に回された手が、優しく腰元をさする。同時に耳元で熱い吐息を感じ、じん、と甘いものが下腹部からせり上がってきた。

優しく抱擁を解かれて顔を上げる。端正な顔が近づいてきて、思わず目を閉じた。

久しぶりのキスは優しくて、でも甘酸っぱくて、背筋がゾクゾクした。

最初は触れるだけだったのが、すぐに深く濃厚になった。何度も角度を変えて口づけされる。唇を戯（たわむ）れるように食（は）まれ、舌を絡められた。

和喜もまた、離れる唇を追いかけて自分からキスを仕掛けていた。

「……んっ」

ぐっと腰を押し付けられ、思わず声が漏れた。硬いものが触れる。和喜の下腹部も、同じように硬くなっていた。

「このまま……いいか。最後まではしないから」

熱のこもった囁きに、和喜も昂ってしまう。こくこくと無言でうなずくと、ソファに押し倒された。

千寿はその上に覆いかぶさって、何度もキスをする。唇だけではない、頬や耳の下、首筋や鎖骨に、愛撫は伸びていった。

「あ……ん」

久々の触れ合いに、全身が喜んでいる。肌は敏感に愛撫に反応した。

千寿の手が、和喜のシャツの裾から中に潜り込んでくる。熱い手のひらで脇腹をまさぐられ、甘い声が漏れた。

そのまま服をたくし上げ、脱がせようとするのを押しとどめる。

「ぜんぶ脱いじゃうと、子供たちが起きてきた時……」

言い訳ができない。子供たちが起きたら傀儡が知らせてくれるだろうが、あまり無防備に事を致していると、取り繕うまでに時間がかかってしまう。

和喜がモジモジと言葉少なに訴えかけるのに、千寿は察したようだ。仕方がないよな、と苦笑した。

「なかなかスリリングだな。あまり、声を出さないようにしないと」

言いながら、和喜のズボンのベルトを解く。前をくつろげて、昂った和喜の性器を取り出した。

「綺麗なピンク色だな」

まじまじと見つめながらそんなことを呟くから、恥ずかしくなった。そういえば、今の千寿は和喜のそれを初めて見るのだ。お風呂の時は交替で子供を入れながら済ますので、相手の裸を見る時間もない。

「そんなに見ないでください」

腰を引こうとしたが、それより早く千寿が体勢を変え、和喜のペニスをぱくりと咥えてしまった。

「だめ……あっ、あ」

抵抗する間もなく、じゅぷじゅぷと音を立ててねぶられる。

「本当に、だめ……もう……」

ずっと、一人でもしていなかった。人肌に飢えていて、手で触れられるだけでも弾けてしまいそうなのに、これは刺激が強すぎる。

快感に四肢を震わせる和喜を追い立てるように、千寿は愛撫を続けた。熱くねっとりとした口腔に包まれ、せり上がる射精感に息を詰めた。

「……っ」

と、高みに達する寸前、愛撫がぴたりと止まる。身体を弛緩させると、愛撫が再開された。けれど、絶頂が近くなるとまた愛撫を止められる。二度三度とそれを繰り返されると、焦れったくなった。

「千寿……さ、ん」

もう達してしまいたい。快感に潤んだ目を向ける。千寿はこちらを見て目を細め、楽しそうに微笑んだ。

「ひどい。意地悪だ」

わざと焦らして、和喜の反応を楽しんでいたのだ。こちらが睨むと、千寿はさらに嬉しそうな顔になった。

「悪い。反応が素直で、可愛くてな」

ちっとも悪いと思っていない口調だ。でも、そんな意地悪と甘やかな千寿の視線にドキドキしてしまう。

「俺ばっかりじゃなくて、一緒がいいです」

ねだると、千寿も「そうだな」と上体を起こした。

「もっと楽しみたいが、ゆっくりしていて子供たちが起きると困る」

「ここで寸止めされたら俺、おかしくなっちゃいそうです」

本心を素直に告げると、千寿も笑って同意した。

「俺もだ。夜まではとても、我慢できそうにない」

千寿は自分もズボンのベルトを解き、前をくつろげた。和喜は待ちきれず手を添える。下着の中から性器を取り出すと、それはぶるんと勢いよく跳ね上がった。

息を呑む和喜の上に、千寿が覆いかぶさる。口の端にキスをして、二人の間にある二本の性器をまとめて握った。大きな手がそれらを扱き始める。

「……っ」

腰を使いながらの動きに、和喜はたまらず息を詰めた。ひくりと喉を鳴らすと、千寿がその首筋を吸い上げる。強く吸われて、快楽に背筋が震えた。

「甘い、な……和喜の肌は」

吐息交じりに千寿が囁き、味わうように首筋や鎖骨、服から露出した素肌を吸い上げた。

「ふ……ぁっ」

追い上げられ、和喜は千寿の胸に顔を擦りつけた。性器を擦る千寿の手に自らの手を添え、相手の動きに合わせて腰を揺らす。

「千、寿さ……」

好き、愛してる。快感と共に、そんな気持ちで胸がいっぱいになる。

唇を開いてキスをねだると、千寿が応じてくれた。荒い息の合間に口づけを重ね、互いの性器をこね合わせる。

先走りが溢れてクチュクチュと水音が響き、それがいっそう官能を誘った。

「あ……あっ」

目のくらむような快感が押し寄せ、絶頂が間近に見えた。声を上げるとたちまち達してしまいそうで、無言のまま視線で相手に縋った。

千寿は目を細め、動きを早くする。

「……ぁっ」

熱いものがせり上がってきて、身をすくめると唇を塞がれた。深く口づけされたまま、和喜はビクビクと身体を震わせて射精する。

「ん、ん……っ」

キスで和喜を押さえ込んだまま、千寿も身を震わせた。熱い飛沫（ひまつ）が、握り込んだ二人の手から溢れ出る。

達した後も、しばらくはどちらも無言のまま、荒い息づかいだけが静かな部屋に響いていた。

「……気持ち良かった」

やがて、ふっと大きく息をつき、千寿が屈託のない感想を告げる。それから、ふわりと人懐っこい笑みを浮かべた。

「和喜、好きだ」

てらいなく告げられた言葉は、和喜の心を大きく揺さぶった。

「俺も。俺も千寿さんが好きです。大好き」

記憶を失っても、千寿はまた和喜を愛してくれた。そのことが嬉しくて、たまらなく幸せだった。

四

気持ちを通じ合わせたその日から、和喜と千寿は二人とも少し変わった。

お互いがお互いを、愛して愛されていると確信できたからだろうか。

和喜は家族の前に現れた困難も、大したことではないと思えるようになったし、千寿などは和喜などよりさらに大物で、

「課題には期限がないんだろう？　ここでのんびり暮らしながら、チビたちが大きくなるまで待っててもいいんじゃないのか」

なんて悠長なことを言い出した。

「お祖父様との約束で、どうせ親父も今は、俺たちに手も足も出せないんだ。こちらが少しも困らず、ゆったり暮らしているのを知ったら、さぞや悔しい思いをするだろうな」

などと言い、黒い笑みを浮かべている。詳しい記憶はないけれど、父親の五百紀に対して屈託があることは憶えているそうだ。

「まあでも確かに、俺たち一家が仲良く幸せに暮らしているのが一番、お義父様への意趣返しになりますよね」

「そうだろう。しかも俺は、あの親父がかなりせっかちな性格をしているのを憶えてるぞ。これ

からあいつは、事によっては何年も何十年も、イライラしながら待ち続けるしかないんだ」

臍を噛む父親の表情を思い浮かべたのか、千寿はククク……と悪役めいた笑い声を立てていた。

五百紀に対してかなり怒っている。

息子を困らせてやれば、すぐに音を上げると思ったのに、それから何年も待たされるなんて、さぞイライラするだろう。和喜も五百紀に対しては大いに腹を立てていたので、彼の悔しそうな顔を想像すると溜飲が下がる。

「わかりました。毎日楽しく過ごしましょうね」

和喜も言い、二人でひっそり笑い合った。

とはいえ、千寿の力を取り戻すことも諦めてはいない。毎日のように結界の中に入り、子供たちと遊びながら試行錯誤していた。

「雪。狐から今の姿になる時はどんな感じがする?」

千寿が雪を膝に抱えて尋ねる。雪はさっき、子狐の姿でくわっと欠伸をした拍子に人型に戻っていた。

今日も結界の中、遊び疲れた夜と夏は芝生にタオルケットを敷いた上で眠っている。

千寿が記憶を失ってから、一か月が過ぎた。結界の外はまだ真夏のような暑さだが、ここはちょうどいい温度だ。

「んんー?」

「雪たちは、コンコンになったり、父様たちと同じ姿になったりするだろう。その時はどんな風だ？　たとえば、どこか身体が痛くなったりするとか」

質問の意味がわからない、と首を傾げる雪に、千寿は言葉を選びながら説明する。

千寿は、子供たちが狐と人型に姿を行き来する時、どんな感覚なのか知ろうとしている。子供たちから、妖力の使い方について手掛かりを引き出せないかと考えているのだ。

百王丸とも何度か話をして、力を使う際の感覚について尋ねてみた。コツなどない、と言っていたが、何か取っ掛かりだけでもわからないかと食い下がったのだ。

『そうしたいと思えば力は使える。強く念じる、くらいのことしか儂には言えん』

やはり、そんな答えしか返ってこなかった。

妖狐の中でもとりわけ強い妖力を持った彼にとって、力を使うことはまさに呼吸をするのと等しい、ごく自然な動作なのだ。

幼い妖狐たちは子狐と人型を行き来するが、それもそのうち自然と人型を保ち、耳と尻尾も自在に出し入れできるようになる。

人の子がある日、ハイハイをするようになったり、立ち上がったりするのと同じだ。親が教えたから憶えられる、ということではないと、百王丸は言っていたし、自身の幼い頃のことは記憶にない。

それは確かにそうだ。和喜だって、自分が初めて立ち上がった時のことなど憶えていない。後から親や祖父母に思い出を語られ、そうだったのかと思う程度だ。

「雪、痛くないよ」

「くすぐったいとか？」

千寿は辛抱強く息子に問いかける。雪はどうしてそんな質問をされているのかわからず、首を横に振った。

「ない。雪はね、コンコンの時、おしっぽクルクルして遊ぶのが好き」

そういえば雪は子狐の姿の時に、よく自分の尻尾を追いかけてクルクルと回っている。

「そうか、雪は尻尾をくるくるするのが好きか」

「あとね、アイスクリームも好き！」

いつの間にか好物の話になっていて、千寿と和喜は苦笑した。

「雪、お店やさんも好き。お出かけしたい」

「そういえば、子供たちを連れて外に出てないですねえ」

以前はたまに家族で出掛けていたが、幼児三人を連れて出掛けるのは一大イベントだ。大人たちに相応の覚悟が必要なので、ずっと家族のお出掛けは控えていた。

千寿の妖力を頼めない今は、耳と尻尾を厳重に隠さねばならないし、子供たちが変化してしまうのにも気を遣わねばならない。

「雪、耳と尻尾を隠せるか？　そうしたら今すぐにでも、お店に行けるんだがなあ」

千寿が試す口調で言う。雪はすぐに買い物に行けると聞いて、顔を輝かせた。耳を手で押さえて得意げに大人たちを仰ぐ。

「できた！」

できてない。しかし、その仕草が可愛くて、千寿と和喜はほっこりした。

「まだ尻尾が出てるぞ」

千寿がからかうと、耳を押さえて「うーん」と唸った。途端、ポン！　と子狐の姿に変わってしまう。

「キュゥ……」

思うようにいかずがっかりする雪を、千寿が笑いながら抱き上げる。

「ま、そう上手くはいかないか」

白いむくむくの毛玉になった雪へ、愛しげな眼差しを送る。雪も「キュ」と鳴いて千寿に甘えるように顔をすり寄せた。それを横で見ていた和喜は、彼が以前と変わったのを改めて感じた。

和喜との隔たりがなくなったのと同じく、子供たちへの接し方にも戸惑いや遠慮がなくなった。記憶をなくした後、しばらくは他人の子供に対するようだったのだ。

もっとも、千寿からしてみれば、三つ子はいきなり現れたのも同然だから、他人に思えても仕方がない。

「もうすっかり、お父さんの顔ですね」

和喜が言うと、千寿も変わったという自覚があったのだろう。面映(おもはゆ)そうに「この子たちのおかげかな」と呟く。

「こっちが戸惑っていても、とおさま、と全力で慕ってくれるからな」

「千寿さんが、本気で愛してくれてるからですよ。子供は敏感だから」

五百紀に攻撃された直後、家族がバラバラだった時のことを思い出す。家の中の変化を、子供たちは敏感に察知していた。

和喜がイライラしている時は、子供たちもぎこちなかった。きっとすごく不安だっただろう。

「今度、みんなで買い物に行きましょうか。近場にでも」

和喜が言うと、雪の耳がピン、と立った。

「キュッ、キャンッ」

甲高い歓声を上げるので、夏と夜がうるさそうに目を醒ましてしまった。

「そんなこと、できるのか？」

「かなり骨の折れるイベントになりますが」

千寿は「うっ」と呻いて顔をしかめた。

「お前がそう言うんだから、相当厄介なんだろうな」

しかし雪はもう、いつ行くどこ行く？　と、行く気満々だ。和喜は息子に釘(くぎ)を刺した。

「今日は行かないよ」

「ギューゥッ」

「仕方がないだろ。急には無理だよ。準備をしなくちゃ」

あまり人の多い場所には行かれないだろう。キッズスペースのある場所や遊戯施設で遊ばせてやりたいが、千寿の妖力で人型に固定できた以前とは違い、子狐にいつ変身するかわからない今は、人目を避けねばならない。

事前の打ち合わせもよくしておかねばならない。でも大変でも連れていってやりたいし、和喜もみんなで出掛けたかった。

結界の中に入れるようになって、外遊びに不自由はしなくなったけれど、家族以外の人と会わずに引きこもっているのもよくない気がするし、せっかく人間界で育てているのにもったいない。

「よし、それなら計画を立てよう」

千寿も賛成してくれた。雪は計画が何やらわからないまま、「キャゥッ！」と張り切った声を上げる。

それから二人で相談し、少し離れた場所にある大型スーパーを目的地に決めた。

広い駐車場があるので車で行けるし、平日の早い時間だと客もまばらで空いている。商品の種類も豊富だから、子供たちもちょっとは買い物を楽しめるのではないだろうか。

外で子狐に変わってしまった時のために、子供たちを回収して入れる袋も用意する。万が一、人の目に触れてしまっても、一瞬ならば「気のせい」でごまかせる……だろう、たぶん。

万が一、人に見られた場合、速やかに戦線を離脱する方法もシミュレーションして、ようやく決行に移したのは一週間後のことだ。

「いい？　コンコンになったら、このバッグの中にかくれんぼするからね」

当日、出発前に子供たちに言い聞かせる。この一週間、何度も繰り返し教えていたことで、子供たちも元気よく「はーい」と返事をした。

子狐の姿で布製の手提げバッグの中に入る練習もした。狐になったらバッグにかくれんぼ、というのが合言葉だったが、周りに夢中になった子供たちがこの決まり事を憶えていてくれるかどうかは、賭けのようなものだ。

尻尾を隠すオーバーオールと、耳を隠す夏用の帽子をかぶせ、車で大型スーパーに向かう。

子供たちは一か月ぶりのお出掛けが嬉しくてたまらないようで、車の中で大はしゃぎだった。

「ハイテンションだな」

「結界の中へ行くのとはやっぱり違いますからね。嬉しいんですよ」

和喜も嬉しい。そして一月ほど前、こうして一家で出掛けたのを思い出す。

今の千寿はその時のことを憶えていない。妖術も使えない。だが和喜に心細さはなかった。人間でも妖狐でも、千寿は千寿。そして千寿もまた、同じように和喜は和喜だと思ってくれている。その信頼があるから、もう二人が揺れることはない。

スーパーの駐車場に着くと、まず子供たちにハーネスを装着した。三人であちこち行かれては追いかけられないし、目を離した先で子狐になると回収が難しい。

子供たちのオーバーオールのポケットや帽子の中などに、それぞれ傀儡を何体か忍ばせて、ようやく車の外に出た。

案の定、雪と夏が車を出たそばからダッ、と勢いよく走り出す。夜は二人を追いかけようとして、その場で転んでいた。

「お外、あつーい」

「ぶわってする」

クーラーの効いていない駐車場は、厳しい残暑の熱気に包まれている。それが、子供たちには新鮮らしい。毛穴から汗が噴き出そうな暑さにも、楽しそうにはしゃいでいた。

「お店の中は涼しいよ」

店内に入ると、クーラーがよく効いていた。すうっと汗が引く感覚が心地よい。

子供たちの汗を拭いてやりながら、やっぱり外に出てよかったと思った。結界の中はいつも快適だけど、こういう暑さや寒さ、いつもと違う匂いや感覚を経験するのも、子供には必要なことだ。

「今日は子供たち、なかなか子狐に変化しませんね」

開店直後のスーパーは、思っていたよりもずっと空いていた。三つ子の幼児を連れた若い男同士のカップルに物珍しげな視線を送られることもない。

一番の懸案だった子供たちの姿も、これまでになく安定していた。

「狐になったら買い物できなくなるって言ったのが、効いてるのかもな」

バッグにかくれんぼ、狐になった子は人間に戻るまで買い物できないと言ったから、みんな子狐になりたくないのだろう。

「無意識だけど、気持ちが作用してるんですかね」

「たぶんな。それが意識的にできるようになれば、耳と尻尾も隠せるようになるのかもしれない」

千寿が自分に言い聞かせるような口調で言ったのは、息子たちの力の使い方を研究して、自分に応用させようとしているからだろう。

「とおさま、かあさま。おやつ、大きいのでもいい？　小さいのでも、大きいのでも一個？」

不意に雪から問いかけられた。両隣にいる夏と夜は、それぞれ大きさの異なるお菓子の箱を掲げている。

和喜と千寿は顔を見合わせてから、まあいいかとうなずいた。

「ああ。大きくても小さくてもいいぞ。一個は一個だ」

今日は、おやつを一人につき三つ買っていいことになっている。いつも……といっても家族で買い物に出掛けることは稀だが……一人一つだけだ。

数を数える練習、という目的と、この一月（ひとつき）は子供たちにもいろいろ我慢や無理をさせたから、そのご褒美という意味合いもあった。

「やったあ！」

大きいのでも一個、と聞いて、子供たちは歓声を上げる。

どうするのかと思ったら、小分けのお菓子が詰まった大袋を棚から引っ張り出していた。確かにこれも一袋だ。

「チョコが一つ、二つ……いっぱい。みんなで食べてもいっぱいあるよ」

大袋の中身を数える子供たちに、千寿が身を震わせて呟いた。

「うちの子は天才か。いや、間違いなく天才だ」

記憶を失ってなお、親バカを発揮し始めた千寿に和喜は苦笑する。それでも、和喜もうちの子たちはかなり利発だと思う。妖狐の成長速度は不安定だというから、妖狐の幼児期における「標準」というものはないらしいが。

「おい。このままこの子たちが成長したら、ノーベル賞を取ったり、オリンピックで金メダルを取ったりしてしまうぞ。妖狐なのに」

お菓子の大袋から、千寿の親バカな妄想が暴走している。以前もよく、似たようなことを言って親バカをさく裂させていた。記憶を失ってもやはり千寿は変わらない。

「将来のことは、その時になって考えましょう。何が得意かなんて、まだわかりませんし」

和喜は冷静に言い聞かせた。

そういう和喜も、先ほど千寿と同じく「うちの子は天才だ」と考えていたのだが。

親バカな両親をよそに、子供たちは悩みに悩んで、自分たちのお気に入りのお菓子と、みんなで分けられる大袋を厳選した。

「帰ったら、分けっこしなきゃね」

「三つにわけるんだよ」

「夜、かぞえる」

カートに積まれたお菓子の山を前に、子供たちは宝の分配をヒソヒソ相談している。

おやつ以外の食材もまとめて買い込んで、買い物は終了した。ぎっしり詰まったカートを押して、駐車場へ向かう。

「誰もコンコンにならなかったの、えらいね」

まだ興奮している子供たちを見て、和喜は労った。

いつ、子狐に変化するかとひやひやしていたが、家を出てから今まで、一度も変化しなかった。

「えらい?」

「ああ。一度もバッグの中に入らなかったからな。三人ともすごいぞ。やはり天才だな」

千寿も手放しに褒め讃える。子供たちはよくわからないまでも、両親に褒められて嬉しそうにした。

おやつを三つ買えるということ、子狐になるとおやつを選べなくなる、という条件が効いたのかもしれないが、これまで不安定にポンポンと変化したことを思えば、一歩成長したといえるだろう。

「もう昼過ぎか」

カートを押して誰もいないエレベーターに乗ると、千寿は腕の時計を確認して言った。

「やっぱり、時間がかかっちゃいましたね」

この大型スーパーは三階建てで、一階が駐車場になる。昼ご飯はどうしようか、などと話しているうちに、一階に着いた。

ポーン、と到着を告げる電子音がして、ドアが開いた途端、外からふわりと甘い香りが漂ってきた。

「いい匂い」

和喜は思わず呟く。砂糖やクリームの混ざったような、甘いお菓子を想像させる匂いだった。

「ケーキ!」

夏が言い、「クッキーの匂いだよ」「アイス」と、雪と夜がそれぞれ意見した。和喜はホットケーキを想像したが、確かにどんなお菓子でも想像できるような、不思議な匂いだった。

「醤油せんべいを焼く匂いがする」

千寿が言う。それは千寿の好物だ。

「えっ、そうですか？　俺的にはこれは、ホットケーキの甘い匂いなんですけど」

せんべいとホットケーキ、だいぶ違う。でも言われてみると、醤油の焦げるいい匂いもする気がする。千寿も不可解そうな顔をした。

「どちらにせよ、空きっ腹にくる匂いだな」

これには和喜もうなずいた。ちょうど今しがた覚えた空腹を、むやみに刺激する匂いでもある。

「一階にはお店なんてないはずですけど。屋台でも出てるんでしょうか」

「早く早く」

「おなかすいたー」

「うー」

子供たちはすぐさま飛び出そうとしたが、ハーネスがあるのと、買い物カートに遮られてすぐに走り出せずにいた。

「こらお前たち、そんなに急ぐとコンコンに戻ってしまうぞ」

千寿がすかさずたしなめたので、子供たちはうずうずしながらも大人に歩調を合わせてエレベーターを降りる。

一階の駐車場は屋内にあるため、昼でも陽射しがあまり差さず、薄暗い。ぽつぽつと買い物客の車が停められていたが、屋台は見当たらなかった。

がらんとした空間に客の姿はなく、この場にいるのは和喜たちだけだ。

――いや、一人だけいた。

「こっちから、いいにおいする!」

夏が示した方向に、若い青年が一人立っていた。最初は女性かと思ったが、半袖(はんそで)のシャツと紳士物のスラックスに包まれた肢体は男性らしい。

格安スーパーに不似合いな、美しい青年だった。それをいったら、千寿の美貌も、庶民の店では充分浮いているのだが。

しかし青年は、確かに異質な感じがした。どこが、と具体的にはいえないが、美貌だけではなく身にまとう雰囲気が、自分たちとは違う気がする。

中性的でたおやかな美貌が、浮世離れして見えるからだろうか。

「ケーキ一つください!」「夏はクッキー」「アイス!」

子供たちはしかし、青年の美貌など見ていなかった。彼の方角からいい匂いがするので、食べ物を売っているのだと勘違いしている。

「こらこら、お兄さんはお店屋さんじゃないよ」

子供たちは、千寿がまとめて持っているハーネスをぐいぐい引っ張っている。相手にも失礼なので、和喜は慌ててたしなめた。

「和喜、止まれ」

その時、半歩後ろにいた千寿から鋭い声が上がった。

えっ、と歩みを止める。子供たちも声に驚いて進むのをやめた。

「みんな下がれ。……何かおかしい」

何か、と言いながら、千寿は青年を険しい表情で睨んでいる。そういえば、と和喜も青年に覚えた違和感を意識した。

「いい匂い、彼からしますよね？」

人を引きつける甘い匂い。和喜はホットケーキだと思ったが、千寿はせんべいだと言っていた。

それだけではない。いくらお腹が空いているからといって、子供たちも自分も、どうしてこんなに匂いに引き寄せられるのだろう。

「匂いだけじゃない。エレベーターを降りた時から気になっていた。この駐車場、やけに涼しいと思わないか」

「あ」

言われて和喜も、ようやく気づいた。駐車場は空調が効いていなくて暑かったのだ。

なのに今は、汗一つかいていない。暑くも寒くもない、ちょうどいい気温だった。まるで、千寿の結界の中にいるような。

「さすがは、千寿様」

青年が言って、華のような笑みを千寿に向けた。美しいのに、和喜はざわりと背筋が寒くなるのを感じる。

「……誰だお前は」

千寿が和喜と子供たちを庇うように前に出る。青年はいささか大袈裟な仕草で口に手を当て、

「ああ」と嘆いてみせた。

「百弥のことまでお忘れになったのですね。五百紀様もひどいことをなさる」

和喜は息を呑んだ。百弥というのは、五百紀が決めた千寿の許嫁だ。その名を今の千寿は知らないが、五百紀の名前が出たことで、彼も目の前の青年の正体に気づいたようだった。

「親父の差し金か。和喜、子供たちを連れてエレベーターに戻れ」

「もう遅いですよ」

青年がそう言うやいなや、ぐにゃりと視界が歪(ゆが)んだ。

「わわ〜っ」

子供たちが叫ぶ。ぐるんと景色が回転し、和喜の身体は平衡感覚を失ってその場に倒れ込んだ。


倒れた拍子に目をつぶり、再び開くと、そこはスーパーの駐車場ではなかった。

いつの間にか、和喜たち一家と美青年は、見たこともない部屋の中にいた。

和喜たちの住まいがすっぽり入るくらいの広さで、床も壁も大理石でできている。高い天井からはきらびやかなロココ調のシャンデリアが下がり、金ぴかの調度が並ぶ景色は、写真やテレビで見たベルサイユ宮殿を思い起こさせた。

とにかく、キラキラして眩しい。

「何だ、ここは……？」

同じようにその場に座り込んでいた千寿が、怪訝そうに辺りを見回す。和喜のすぐ近くにいたはずなのに、いつの間にか手の届かない離れた場所に移動していた。

子供たちも千寿の近くにいて、それぞれ床に転がったり座ったりしている。急に景色が変わったので、キョトンとしていた。

和喜だけが、彼らから離れた場所に転がっていた。

「ここは百弥の結界の中です。千寿様の力には及びませんが、この百弥にもこれくらいのことはできるのですよ」

百弥は、いつの間にか千寿と子供たちのすぐ目の前に立っていた。変化が解かれ、真っ白な耳と尻尾が出ている。髪は腰まで届くほど長く、これも白髪だった。光沢のある桃色の着物は華美ではあるが、彼の美貌によく似合っている。

千寿は地べたに胡坐をかき、彼を睨み上げた。

「お前の力なんか知らん。お前のことも憶えてない。それより、早く元の場所に戻せ」

百弥は「ああ……」と大袈裟に嘆いて、眩暈がしたかのようによろめいてみせた。

「大切な許嫁の記憶まで、奪ってしまうなんて」

よよ……と、泣く真似をする。千寿はそのセリフで彼の正体を知ったようだった。

「許嫁。親父が勝手に決めたっていう奴か」

「勝手ではありません」

百弥はキッ、と勝ち気そうに目を吊り上げる。

「百弥も、千寿様の許嫁であることを誇りに思っております。千寿様が人間界からお戻りになったあかつきには祝言を挙げられると聞いて、あなた様のお帰りを心待ちにしていたのです。待ちきれず、お呼び立てしてしまいましたが。千寿様、お会いしとうございました」

立て板に水、というように捲し立て、うっとり頬を染める百弥に、さすがの千寿もわずかにたじろぐ。

「悪いが、お前のことは何も憶えていないんだ。それより、元に戻してくれ。今は親父、五百紀からの課題を受けている最中なんだ。それが終わるまで、俺はそっちの世界に戻ることはない。五百紀も俺たち家族に手を出すことは許されない。そういう約束になっている」

そう、五百紀と約束をしているはずだ。前総領の百王丸が間に立って正式に交わした約束事だから、たとえ総領の五百紀であろうと、約束を違えることはできない。

そのはずなのだが。

「何と。そのような約束がされていたのですか」

百弥が口に両手を当てて驚きを表した。動作がいちいち大きいので、芝居がかって見える。

「そんなこととはつゆ知らず。何とお詫びを申し上げたらよいか」

「いや、詫びはいいから元の世界に帰してくれ」

「本当に申し訳ありません。ああ、百弥は何ということを」

「おい、聞けよ」

百弥は一人で嘆いている。人の話を聞いているようで聞いていないので、千寿がわずかに苛立った声を上げげた。

その時、どこからか聞き覚えのある声が聞こえた。

「これはこれは、困ったことをしてくれたなあ、百弥」

言葉とは裏腹に楽しげな声がしたかと思うと、百弥の傍らに五百紀が姿を現した。

「ああ、五百紀様」

百弥は恭(うやうや)しく頭を下げたが、驚いた様子はない。むしろ、五百紀が現れるのを待っていたように見えた。

「五百、紀……」

千寿が記憶の底を探るように、ゆっくりと名前を呼ぶ。五百紀はそんな息子を睥睨(へいげい)した。

「ふん。まだ記憶が戻っておらんようだな」

「親父か。お前のことは何となく憶えているぞ。顔を見た瞬間にムカついた」

千寿は立ち上がり、五百紀の前に立ちふさがった。この間は離れていてわからなかったが、五百紀と千寿は同じくらいの背格好だ。五百紀の方がやや、線が細い気がする。

「だいたい、今は課題の最中だろう。期限は設けないい、それまで俺たちに手は出さないと、お祖父様と約束したんだよな。一族の長だというくせに、約束を違えるつもりか？」

　百弥がオロオロしながら睨み合う父子の間に入った。

「そんなにお怒りにならないでください。これは百弥が勝手にしたことなのです。どうしても千寿様にお会いしたくて……」

「百弥もこのように言っておる。知らないことなら仕方がないな」

　うんうん、と五百紀は一人でうなずいている。

「それは嘘です」

　このままでは勝手に話を進められてしまう。和喜は後方から声を上げた。

「これは茶番です。下手な芝居を打たないでいただきたい」

　千寿がはっとこちらを振り返り、五百紀と百弥は眉をひそめた。

「痴れ言を」

「おお嫌だ。五百紀様。猿が喋りましたよ」

　また何かされるのではないかと怖かったが、ルール違反を見逃すわけにはいかない。勇気を振り絞って言葉を続けた。

「結界というのは、結界を作った本人か、本人が招いた者しか入れないと聞いています。でも今、五百紀様は何の断りもなく百弥さんの結界に入ってきましたよね？　事前に意思疎通をしていなければできないことです。このタイミングで五百紀様が現れたのも偶然とは思えません。五百紀様が百弥さんをそそのかして、協力させたんでしょう」

「うるさい。人間風情が生意気な。だから何だというのだ」

五百紀は苛立ったように言う。開き直っている。しかし、ここで押し切られたら、今までの努力がなかったことになってしまう。なおも意見を言おうと立ち上がり、前に出ようとした時だった。

「こちらに近づかないでください。人間のくせに」

パチン、と百弥が指を鳴らした。身体に軽い衝撃が走り、「わっ」とよろめく。

「和喜」

千寿が青ざめるのに、「俺は大丈夫です」と微笑みを返した。

そう、大丈夫。攻撃はされていない。ただ、身に着けているものが変わっていた。

「何ですか、これ……」

今まで着ていた服のかわりに、黒と白の縞々(しましま)の繋ぎに変わっている。白と黒の囚人服のような格好だ。片足には、鉄の鎖が着いていた。鎖の先に重しが付いていて、自由に歩けない。

不格好な姿でよろよろする和喜を見て、プッ、と百弥が噴き出した。

「ほほ、くっそダサい服がよくお似合いですこと」

「な……っ」

言い方がムカつく。衣装が変わっただけなのに、ひどい屈辱を受けた気がする。

「かあさまぁ」

いじめられていることがわかったのだろう。子供たちが起き上がり、和喜に向かって歩き出す。

百弥の白い頬がピクリと痙攣（けいれん）した。

「お子たち、それは母ではありません。私が千寿様の妻、あなたたちの母上ですよ」

「えーっ」

「ちがうもん。かあさまはかあさまだもん」

雪と夏がすぐさま反論し、夜がトコトコと歩き出す。

「聞き分けのない子たちですねえ」

百弥がパチン、と再び指を鳴らし、今度は子供たちの周りに煙のようなものが立ち込めた。

我が子の異変に、千寿と和喜は一瞬、青ざめて息を呑んだが、子供たちも格好が変わっただけだった。

もこもこふわふわなピンクの着ぐるみだ。形は三人三様で、兎と熊と猫らしい。

柔らかい素材に見えるが、もこもこしていて手足の関節が上手く曲げられないらしく、子供たちは立ち上がろうとしてぽてん、ぽてんと転がっていた。

途中、雪が子狐に変化したが、着ぐるみは子狐の形に収縮し、うさ耳狐が出来上がった。

「かんわいいいぃっ」

動きがモゴモゴしておぼつかない子供たちの様を見て、百弥が嬌声（きょうせい）を上げる。

「ああっ、何と愛くるしいっ。さすがは千寿様のお子ですねえ」

確かに格好は可愛いが、子供たちは上手く動けずもがいている。

「俺の子をおもちゃにするな。さっさとその変な着ぐるみを脱がせろ」

千寿の怒気を含んだ声に、百弥が「ひっ」と慄く。五百紀が「千寿」とたしなめた。

「そんなに声を荒げるな。お前の許嫁が怯えているではないか」

「いえ、百弥が悪いのです。千寿様にお会いできた嬉しさのあまり、調子に乗ってしまい……」

五百紀と百弥の芝居がかったやり取りに、和喜はイライラした。千寿も同じだったらしい。

「茶番はよせ」

「茶番ではない」

千寿が言えば、五百紀がぴしゃりと言葉をかぶせる。

「その目を開いてよく見てみるがいい。この百弥こそお前の伴侶となる者。我が一族の華と謳(うた)われた美貌の持ち主よ」

一族の華と言われ、百弥が五百紀の横ではにかむ。確かに顔立ちは美しい。

「我らが世界に戻ってこい。こちらに来れば、せせこましい人間界で、使用人の真似事などしなくてもいいのだぞ。お前には数多の使用人がいるし、子供たちには優秀な教育係がいる」

五百紀の口調が説得の色を帯びている。彼にしてみれば家事も育児も、使用人の仕事なのだろう。

「こちらに来れば楽な暮らしができる。進んで苦労をすることもあるまい。美しい伴侶もいる。妖狐としての力も申し分ない。品よく慎ましく、できた嫁だ。そこのちんくしゃとは月とすっぽ

んだろう」

そこの、と顎をしゃくって示された。

「ちんくしゃ……」

確かに、百弥とは比べるべくもないが、ちんくしゃとはひどい。このやろう、と五百紀をギリギリ睨んでいると、千寿が「うん」と納得したようにうなずいた。

「月とすっぽんか。確かにな」

「千寿さんまで」

ひどい。和喜は泣きそうになり、五百紀と百弥は満足そうに微笑んだ。子供たちがおぶおぶともがいている。早く駆け寄りたいのに、足枷が重くて歩けない。

それでも足を引きずり、地面を這うようにしながら少しずつ、千寿と子供たちの方へ近づいていった。

「確かに」

と、なおも千寿が言う。

「俺の和喜に比べたら、そこのピンク男はすっぽんだ」

五百紀と百弥がぎょっと目を剝いた。

「ぴ、ピンク男っ?」

「それはもしかして、も、百弥のことですか」

「もしかしなくてもそうだ。俺に妖狐の頃の記憶はないが、そいつが一族の華なら、妖狐も大したことはないな」

「何、だと……」

五百紀がこめかみに青筋を立てる。しかし千寿は、しれっとした顔をしていた。

「もっとも、和喜と比べれば誰でもすっぽんだから仕方がない。和喜は可愛いからな。変な縞々の服を着せられても可愛い。いや、むしろ禿萌える」

「千寿さん……」

ものすごく主観的な意見だと思うが、嬉しい。けど恥ずかしい。

「ハゲ……お前、何を言っているのだ？」

和喜が照れる一方で、五百紀は戸惑いを隠せない。

「俺の嫁が可愛いという話だ。貴様こそ目を開いてよく見ろ。和喜より可愛くて美しい生き物はない。肌はどこもかしこもツルツルでピカピカだ。身体の隅々までな。俺が愛撫してやると、ますます綺麗に輝く」

「ちょ、千寿さんっ？」

「そんな可愛くて愛しい伴侶と別れろだと？　俺が和喜を捨てて他の誰かを伴侶にすることは絶対にない。記憶を失う前の俺でも、同じことを言うはずだ」

確信に満ちた声に、和喜は胸が熱くなった。記憶があってもなくても、千寿は自分を選んでくれる。自分の父親に対しても、毅然として立ち向かってくれる。

「もう一度言う。俺たちを元の場所に戻せ。今はまだ課題の最中だ。俺たちは絶対に降参しないし、今は無理でもそのうち力を取り戻す。その時は和喜の存在を一族に認めてもらう。そういう約束だったよな？」

毅然とした態度を崩さず正論を突きつける千寿に、五百紀は悔しそうに歯噛みした。

「そこのピンク……百弥だったか？　悪いが、お前のことは憶えてないし、特別な目では見ることはできない。俺にとって和喜以上の存在はないんだ。俺のことは忘れてほしい」

千寿は言い聞かせるように、いくぶん優しい声音で百弥に語りかける。

親が勝手に決めたこととはいえ、許嫁だったのは確かだ。きちんと断る前に人間界へ出掛けていった千寿にも、多少の責任はある。

正面から断られ、百弥の顔色が変わった。

「嫌です。百弥は千寿様を忘れることなどできません」

「だが、俺はお前を娶るつもりはない」

嫌です、と百弥は繰り返した。唇を嚙みしめてうつむき、やがて顔を上げた時、その目はキッと和喜を睨み据えていた。

「この人間のせいですね？　この者が千寿様を惑わせているのですね。百弥が、こんなちんくしゃ野猿に負けるはずがありません」

怒りのこもった声で言い、不意に片方の手を掲げた。その手の上に、ポッと小さな火の玉が生まれる。その間も百弥の視線はずっと、和喜をとらえていた。

その火の玉がどうなるのか、和喜と千寿にはよくわからない、だが和喜に害意が向けられたことは明らかだった。

「百弥、よしなさい。それはやりすぎだ」

五百紀までもが、硬い声音で百弥をたしなめた。逃げなければ。しかし、足には重い枷が着いている。

百弥の手のひらにあった火の玉が、スーッと浮かび上がった。ゆらゆらと小さく揺れながら宙に浮かんだそれが、ピタリと止まる。和喜は、自分の身に標準が合わさったのを感じた。

「和喜！」

逃げきれない。飛んでくる火の玉を予感して身をすくめたのと、千寿が叫んだのは同時だった。千寿が勢いよく地面を蹴り、和喜を庇うようにして覆いかぶさる。頭ごと強く抱き込まれたから、和喜には百弥の攻撃が見えなかった。

しかし次の瞬間、千寿の身体に何かがぶつかり、和喜にも衝撃が伝わった。

「千寿さん！」

千寿の呻き声が聞こえて、和喜は青ざめる。和喜を庇って攻撃を受けたのだ。今の彼は人間と同じ生身なのに。

和喜を抱き込んでいた身体から力が抜け、ずるりと崩れ落ちた。和喜は体重を支えきれず、千寿と共にその場に座り込む。

恐る恐る千寿の背後を確認し、青ざめた。あの火の玉を受けたのだろう、彼の背中はひどく焼けただれていた。

「ひどい……」

和喜の腕の中で、千寿がもう一度呻いた。息があることにホッとする。

「千寿さん」

「和喜……無事か。怪我は」

痛みを堪えながらも、和喜を案じる。我知らず涙がこぼれた。

「俺は、どこも。千寿さんが庇ってくれたから」

「そうか。よかった」

千寿は安堵の表情を浮かべたが、大きく息を吐いた途端、苦痛に顔を歪めた。和喜は「動かないで」と止めたけれど、千寿は歯を噛みしめながらも身を起こす。

「子供たちを……」

三つ子たちはまだ、五百紀たちの近くにいる。三人とも大きな目を見開いてこちらを見つめたまま、硬直していた。

「俺が行きます」

五百紀や百弥が子供たちに手を出すことはないだろうが、子供たちをあのまま放ってはおけない。

千寿をとどめ、和喜は立ち上がった。だが、相変わらず足枷のせいで思うように足が動かない。

「和喜。俺は大丈夫だ。俺が行こう」

意外にしっかりした声だが、ひどい怪我をしているのに、これ以上動かすわけにはいかなかった。

百弥を見ると、思わぬ結果にその場にへたり込み、頭を抱えて震えている。

五百紀もここまでするつもりはなかったのだろう、苦い顔をしていた。こうなったら、五百紀と交渉して千寿の怪我だけでも治してもらわなければ。

「とおさま」

その時、ようやく夏がか細い声を上げた。

「とおさま、いたい？」

「……少しな」

掠れる声で、千寿が答える。それが方便だと、子供たちにもわかったのか。

「とおさま、いじめた」

夜が呟く。その声に、夏と雪がハッとした顔をした。

「とおさまをいじめたの、誰」

人型に戻った雪が、暗い声を上げげ、夏が百弥を指さした。

「あのピンクのひと」

「ひっ」

ピンク、と呼ばれて百弥はびくんと身を震わせた。

「あと、あのおじさん。かあさまのこといじめてたよ」

雪が五百紀を指し示す。子供たちの恨みのこもった視線に、五百紀も表情をこわばらせた。

着ぐるみのせいで立ち上がることもできずにいたのに、今は三人とも立ち上がっている。いや、宙に浮いていた。

今までそんな力の使い方をしたことがないから、無意識にやっているのだろう。

「とおさまとかあさま、いじめた」

夜がぼそりと呟く。途端、ビシッと大きな炸裂音がして、宮殿のような結界の内装に亀裂が走った。

「ひ……百弥の結界が」

百弥が悲鳴を上げて震える。ビシビシという音と共に亀裂はさらに増えた。

(――まずい)

千寿と和喜の危機に、三つ子たちが怒りで暴走しかけている。

以前にも似たようなことがあった。その時は千寿も和喜も無事だったが、今は千寿が大きく負傷している。子供たちから強い怒りを感じた。

（どうしよう）

和喜はうろたえた。子供たちは力の使い方を知らない。このままでは結界が壊れてしまう。中にいる自分たちはどうなってしまうのだろう。子供たちでさえ危険だった。

「夜、雪、夏！」

呼びかけてはみたものの、何と言えばいいのかわからない。和喜自身も、五百紀や百弥に強い怒りを感じている。子供たちをなだめる言葉が見つからなかった。

その時、ポンと肩を叩かれた。ハッとして振り返ると、千寿が立ち上がっている。

「千寿さん——」

「大丈夫だ」

こちらが何か言うより早く、千寿は安心させるように和喜に微笑みかけ、前に出た。ふわりと舞うように子供たちのそばへ近づく彼の背中を見て、驚く。背中の火傷が消えている。

えっ、と思わず声を上げた時、千寿の黒髪がさざ波のように揺れて金色に変わった。瞬く間に長く伸び、洋服は着物姿に、頭の上には金色の耳と、着物の裾からは同じく金色のたっぷりとした尻尾が飛び出した。

「夜、夏、雪。父様はこの通り。大丈夫だ」

妖狐の姿に戻った千寿は、優しく言って三つ子を掬い上げる。もこもこの着ぐるみが消え、元のオーバーオールに変わっていた。

「とおさま！」

子供たちは叫んで、自由になった身体でぎゅっと千寿にしがみつく。結界内に次々に走る亀裂音は、ぴたりとやんでいた。

「とおさま、痛くない？」

それでも不安そうに見上げる雪に、千寿は愛おしげな、蕩(とろ)けるような微笑みを浮かべた。

「ああ。もう痛くない。お前たち、心配してくれたんだな」

「とおさまとかあさまいじめるの、『めっ』するの」

「めっ！」

夏が言い、夜が応じると、再びビシッと結界に亀裂が走った。千寿はそれを、静かにたしなめる。

「今、その力を使ったらだめだ。お前たちが彼らと同じ方法で仕返ししたら、お前たちも同じいじめっ子になってしまうぞ」

「えーっ」

子供たちは納得できないようだ。

「喧嘩をするのではなく、ちゃんと話をしなければな。お前たちがいじめっ子になったら、かあさまが悲しむ。なあ、和喜？」

振り返り、いたずらっぽい微笑みを向ける千寿の姿に、喜びのあまり涙が出そうになった。元の姿に戻った。力が戻ったのだ。じわりと潤んだ目を、何度も瞬きをしてごまかす。ここで泣いたら、子供たちを心配させてしまう。

和喜の服もいつの間にか元に戻り、足枷も外れていた。千寿と子供たちのところへ駆け寄り、千寿ごと子供たちを抱きしめる。

「苦労をかけたな」

「記憶が……」

「ああ。力も記憶も戻った。とんでもない荒療治だったが」

百弥の攻撃を受けた時、記憶を取り戻したのだという。衝撃によるものか、それとも和喜を助けたいと強く願ったからかはわからない。

「さっき、千寿さんが死んでしまうかと思いました。俺のこと庇って……心臓が止まるかと思った」

ホッとしたら、恨み言が口を突いて出た。守ってもらえたのは嬉しかったけれど、それで千寿が傷ついたり死んだりしたら、悔やんでも悔やみきれない。

「妖狐はそう簡単には死なないさ。だが、心配をかけて悪かった。考えるより先に、身体が勝手に動いてた」

妖狐は簡単には死なないと言うけれど、咄嗟に助けに出た時、千寿はまだ人間のままだった。我が身を顧みず、和喜を助けてくれた。

「無茶をして……」

「すまない。だが、お前と子供たちが無事でよかった」

抱きしめ合い、ひとしきり無事を喜び合った後、千寿はつと表情を変えて五百紀と百弥に向き直った。

「そういうわけだ、親父殿。それに百弥」

百弥が「ひいっ」と悲鳴を上げて五百紀の背中に隠れる。五百紀も苦い顔をして身構えた。自分たちのしたことを考えれば、反撃を恐れるのは当然かもしれない。千寿は苦笑する。

「子供たちにも言ったからな。仕返しはしない。話をさせてもらいたいのだが、その前に……」

言葉を切ると、周りの景色が変わった。きらびやかな宮殿が、落ち着いた日本建築の座敷になる。

「公園のお部屋だー」

子供たちがきゃっきゃっと喜んでいた。ここは屋内で、公園ではないのだが、言いたいことはわかる。

部屋の空気が優しい。この感覚は、書斎の奥の結界で感じるものだ。どうやってか、百弥の結界から、千寿の結界の中へと場所が移ったのだろう。

「落ち着かないのでな。空間ごと我々の陣地に移ってもらった」

子供と和喜を腕に抱いて、千寿はニヤリと笑う。五百紀は小さく舌打ちした。

「ふん。今さら無駄な抵抗はせん。搦(から)め手でも使わん限り、お前と子供たちに力で敵うはずがないからな。煮るなり焼くなり好きにするがいい」

不貞腐れたように言い、どっかりとその場に座り込んで胡坐をかく。後ろに隠れていた百弥が、盾を失ってオロオロしていた。

「そ、そんな、五百紀様ぁ」

「仕返しするつもりはないと言っただろう。だが、約束を違えた自覚はあるようだな」

「悔いてはおらん。私は一族の総領であり、お前の父親だ。次代が、子が、道を外れようとしているなら、命を賭してもそれを正すのが役目だ」

あくまで自分は間違っていない、と五百紀は言う。

命を賭けても自分の考えを押し通す五百紀に、和喜は極端で頑固だなあと思いつつも、ちょっと感心した。

いけ好かない、意地悪な舅だと思っていた。いや、今も思っている。彼や百弥がしたことは容易に許せることではないが、それでも五百紀には五百紀なりの正義があり、それを貫こうという姿勢がある。良くも悪くも家長なのだ。

「話をするのだと言っただろう。相変わらず人の話を聞かん男だな」

千寿が呆れたように父親を見下ろす。最後に言わなくてもいい一言を付けたので、五百紀は怒気を含んだ目で千寿を睨み上げた。

「何だと？　父親に向かって……」

「父親だの総領だのと、言える立場か」

「千寿さん！」

たちまちヒートアップしそうになる二人に、和喜は慌てて千寿の着物の袂（たもと）を引いた。目顔（めがお）で訴えると、千寿も現状を思い出したようだ。

「とおさま、ケンカはめっ、なの」

夏にまで言われて、「そうだな」と、苦笑する。

「俺の話を聞いてくれ、親父殿。そもそも俺は、和喜と子供たちのことをいつかあなたに話すつもりだったのだ。いつまでも隠してはおけないからな。子供たちが大きくなったら、妖狐の世界に戻る予定だった。この一年は出産と子育てで後回しになってしまったが。そろそろ、頭の固い頑固親父を説得するために根回しを始めようかと思っていたら、頑固親父の方からやってきて、喧嘩を押し売りした」

「千寿さん、言い方……」

再び五百紀が怒気を含み、和喜はコソッと耳打ちする。和喜とて口を挟みたいわけではないのだが、千寿はどうも父親を前にすると冷静ではいられなくなるようなのだ。

「ちょっと、座って話しませんか」

和喜は五百紀の前で膝を折った。見下ろしながらでは話し合いも上手くいきそうにない。

千寿も父親に対して頭に血が上りやすいことを自覚しているのか、素直に従った。どっかりと五百紀の前に腰を下ろす。

彼が腕に抱えていた子供たちは、和喜が引き取った。一人立ったままになった百弥が、五百紀の後ろに隠れるように、膝を抱えて体育座りをした。

気まずい間が開いた後、千寿が再び口を開いた。

「――俺は、母親というものは、父親の伴侶だと思っていた」

五百紀は、何を当たり前のことを言うのかと訝しげに眉をひそめたが、何も言わない。

「義母（はは）は自分の親ではない。父の付属物に過ぎないと思っていたんだ。実際、俺は親父の妻とは滅多に会うことがなかったし、会話を交わしたことすらほとんどない。形式的には総領の妻だが、ずっと実家で暮らしていて、何かの集まりや行事の時だけ、総領の傍らに座る存在だ。そこらの親戚と変わらん」

そうだったのかと、初めて語られる千寿の義母の存在に和喜は納得した。祖父や父の話は出るが、母親の話を聞いたことがなかったのは、そもそも義母について語る事柄がなかったのだ。

「幼い頃から五十上翁たち教育係に育てられた。父は厳しいだけだったが、それでも手をかけてもらったとは思っている。忙しい合間に、よく勉強や妖術の訓練を見てくれたからな。本当に厳しいだけで、ほとんど褒めてもらえなかったが」

穏やかに話が進むかと思ったら、最後は恨み節になった。「それでも」と、千寿はどうにか自分で軌道修正する。

「たまに現れる祖父が、親父の分まで甘やかしてくれた。親のことは、そういうものだと思っていた。ゆくゆくは自分も同じように、人間界で機械的に子供を作り、その後は他人に子育てを任せ、記号に過ぎない妻を娶るのだと」

和喜から見ても、子供を身ごもった当初、千寿は腹の子に対して親らしい感情を持っていなかったように思う。しかしそれは、冷淡だったからではない。自分の育成環境がそうだったから、同じようにしていただけだ。

和喜が千寿の横顔を見ていると、彼が不意にこちらを振り返った。目が合って、優しく微笑まれる。

「和喜と出会って、一緒に暮らすうちに、人の温もりを知った。和喜が腹の子に愛情を注ぐのを見て、そういう親の形もあるのだと思った。自分の中にも子供や和喜に対する愛情が湧いてきて、それが嬉しかった。愛して愛される幸せを、彼と出会って初めて知ったんだ」

真っ直ぐに見つめられ、和喜もじんと胸が熱くなった。

「子供たちが愛しくて、同時に羨ましかった。それで、自分は子供の頃ずっと寂しかったのだと気づいたんだ。俺も親と一緒に暮らしたかった。自分にかしずく者に育てられるのではなく、もっと家族と過ごしたかったのだと」

寂しげな声音の千寿に、夜が横からつと腕を伸ばす。千寿はそれに気づいて、息子を抱き上げた。夜は嬉しそうにコテン、と父親の胸に頭を預ける。そんな夜を見る千寿の眼差しが、いっそう優しく柔らかくなった。

五百紀は何か言いたげに口を開きかけたが、嬉しそうに父親に抱かれる夜を見て、口を噤んだ。

「俺は和喜と、子供たちが愛しい。子供たちに自分と同じ寂しい思いをさせたくないし、俺も和喜と子供たちと暮らしたい。人間界で育てようと思ったのは、総領家の因習に囚われず、子供たちを自由に育てたかったからだ。妖狐の、とりわけ総領家は、俺にはいささか窮屈だからな」

「一族を束ねるのだから、多少の窮屈は当然だ」

五百紀はぶすっとした顔で、ぼそりと言った。

「俺も、総領としての責務は心得ている。一族のことも大切に思っているし、そのために働くつもりだ。だが、夫として父として家族を愛することと、総領家の跡取りとして責務をまっとうすることは、決して相反することではないだろう。どちらかを取るのではなく、俺は両方を大切にしたい。その力が俺にはある」

「大した自信だな」

五百紀がまた、ぶっきらぼうに吐き捨てた。

「自信ではない、事実だ。俺の魂は半分、和喜に与えたが、それでも親父殿と同等の力がある。とはいえ、俺が未熟なのもまた事実だ。油断し、またいささか慢心していた。今回のことでそれを思い知った」

千寿の口ぶりはどこまでも真面目だった。一度、腕の中にいる夜をぎゅっと抱きしめると、「少しの間、かあさまのところに行ってくれるか？」と優しく話しかける。夜はちょっと寂しそうにしたが、大人しく聞き分けて和喜の腕に戻ってきた。

「あなたに捕らえられた時、俺は家族を守れなかった。油断と慢心が家族を危険に晒してしまったのだ。記憶をなくした後、何事もなく家族で過ごせたのは、和喜とお祖父様の助けがあったから。俺はまだまだ未熟だと思う。そのことに、親父殿は気づかせてくれた。非常に不本意だが、礼を言わせてくれ。非常に不本意だが。……ありがとう」

千寿は五百紀に向き直ると、深く頭を下げた。二回同じことを言った。素直なのか素直じゃないのかわからない。

しかしこれが、千寿の精いっぱいの歩み寄りなのだろう。不仲だった父に、それも彼から嫌がらせを受けた後で頭を下げて礼まで言えるのは、千寿の懐の深さと度量の大きさだと和喜は思う。

「俺ももっと成長し、変わらねばならない。だがそのためには、和喜が必要だ。和喜が愛情を注ぎ、俺に家族としての愛情を目覚めさせてくれた。彼がいなくては今の俺はないし、これからの俺もない。文字通り、彼が俺の伴侶なのだ」

「千寿さん」

彼に抱きつけないかわりに、子供たちを抱きしめた。

「子供たちは、大きくなるまで俺と和喜が人間界で育てる。ゆくゆくは息子たちも人間と交わり子を成すのだから、人間界での経験は無駄ではないはずだ。子供たちが育ったら、妖狐の世界に戻ってくる。和喜と子供たちと。俺の魂は半分、和喜の中にある。長い生を共にまっとうし、死ぬまで和喜といたい。親父殿、どうか和喜との仲を認めてほしい」

千寿が頭を下げ、和喜も居住まいを正して夫に倣った。

「お願いします。俺は人間で、千寿さんと身分は釣り合わないかもしれません。でも、誰よりも千寿さんを愛してるんです。千寿さんが俺を家族にしてくれて、幸せをたくさんもらいました。これからも一緒にいたいし、千寿さんを支えたい。俺にも千寿さんにも、お互いが必要なんです」

必死に言い募った。人間の和喜がこんなことを言っても、五百紀の心には響かないかもしれない。でも、ほんの少しでも自分の気持ちが届いてほしいと願う。

千寿と和喜は五百紀の課題を乗り越えたのだから、五百紀は二人の関係を認めざるを得ない。しかし、約束事だからと相手を無理やり押さえ込んだのでは、五百紀と同じになってしまう。きちんと誠意を伝えたかった。

ひたすら頭を下げていたので、五百紀がどんな顔をしていたのかわからない。しばらく沈黙が続いたがやがて、「ふん」と不貞腐れたように鼻を鳴らすのが聞こえた。

「私はいまだに、人間を娶るなど言語道断だと思っている。心から『ようこそ』とは言えん。だがお前たちの言いたいことはわかった。そういう考え方もあるのだろう。その考えまで否定しようとは思わない」

素直に認める、とは言えないらしい。

（まあ、それも仕方がないよな）

今すぐ心から受け止めろ、と言っても無理な話だ。ちらりと横目で千寿を見ると、千寿も怒っていなかった。ただ苦笑している。

「ありがとう、親父殿。それは、総領としての、そして父親としての正式な承認だと取っていいか?」

「ああそうだ。今さら違うとは言えんだろう。証人まで呼びおって」

五百紀の言う証人が誰なのか、和喜はわからなかった。首を傾げた時、どこからか愉快そうな笑い声が聞こえた。

「相変わらず、屁理屈が多いなあ。五百紀」

声と共に現れたのは、百王丸だった。音もなく姿を現した百王丸は、五百紀の真横に立った。

「つい今しがた、千寿に呼びつけられてな。いつ現れようかと出方を待っておったところだ」

驚く和喜に、百王丸はいたずらっぽく言い、軽く片目をつぶってみせた。どうやら千寿は、妖力を取り戻した後、一同を自らの結界に移動させたのと同時に、百王丸と連絡を取っていたらしい。

「お前の負けだな、五百紀」

百王丸がからかうように言うと、五百紀は苦々しく「わかってる」と吐き捨てた。それから姿勢を正すと、千寿とそして和喜を見据えた。

「約束は約束だ。お前たちの仲を認めよう。前総領の立ち合いのもと、ここに和喜を千寿の伴侶とし、正式に我が一族に迎える」

表情は心底嫌そうだった。しかし、ここまではっきりと認めてもらえるとは思えなかった。

「ありがとうございます」

和喜は感極まって頭を下げる。千寿もそれに倣った。

「お前たちに不意打ちをしたことは謝らんぞ。愚息の言う通り、あれはお前たちの慢心が招いた結果だ。だがまあ……百弥を使って拉致したことは謝る。この通りだ。相すまなんだ」

五百紀が頭を下げ、百王丸と千寿が軽く目を瞠った。後ろにいた百弥は、オロオロと周りを見回してから、自らも手をついて頭を下げる。申し訳ありませんでした、というか細い声が彼から聞こえた。

「この百王丸、総領の言葉しかと受け取った。今後、万が一にも総領がこの言葉を翻すようなことがあれば、儂も黙ってはおらん」

「心得ている」

百王丸が睨むと、五百紀は居心地が悪そうにそっぽを向いた。

「それから、百弥のしたことは私に責任がある。この者の行動は浅はかだが、そう仕向けたのは私だ。許してやってくれとは言わん。ただ、咎を負うのは私だ」

「五百紀様……」

後ろで縮こまっていた百弥は、五百紀の言葉にはっとしたようだった。

「いえ、百弥がしたことは、百弥の責任です。申し訳ありませんでした」

深々と頭を下げ、しゅんと耳を垂れる。先ほどは彼の言動に腹が立ったが、そんな姿を見ると強く出られない。

「だ、そうだ。千寿、和喜。どうする？」

百王丸がこちらに問いかける。その声はどこか、面白がるようでもあった。

「五百紀は総領でありながら約定を違えた。百弥はお前たちに害をなそうとした。罰を与えることもできるが」

千寿がちらりと和喜を見る。和喜は黙って首を横に振った。千寿もうなずいて、百王丸に向き直った。

「我々の望みは、和喜の存在を一族に認めてもらうこと。それに子供たちを人間界で育てることだけです。それ以外は望みません」

「相わかった。では今回の件は不問に付すということでよいな？　五百紀は、百弥の身の振り方には責任を持ってやれ。お前が勝手に縁談を進めたのだからな」

百弥は次期総領との縁談を破談されたことになる。五百紀が勝手に進め、千寿が最初から承知していなかったとはいえ、百弥にとっては迷惑な話だろう。

「言われなくてもそのつもりだ。百弥の今後のことは私が責任を持つ。そこの色惚けの愚息よりいい相手を見つけてやる」

「お前は一言多いのう。縁談だけが幸せではないぞ。まあ、そちらはおいおい解決するとして。

――さて、千寿よ」

くるりと百王丸が振り返って、千寿は「はい」と居住まいを正した。

「お前が先ほど言ったように、今回はお前の油断で、和喜と子供たちを危険に晒した」

「……はい」

千寿が硬い表情でうなずく。そんなことはない、と和喜は言いたかったが、ぐっと気持ちを抑えた。これは妖狐の次期総領に向けられた言葉で、和喜が口を挟むことではない。

「家族を守ることは、一族を守ることにも通じる。お前の力は強いが、長として集団を守ることに関しては経験も知識も足りておらん」

「仰る通りです」

「ならば、これからはちょくちょく総領の元を訪れ、教えを請うといい。和喜と子供たちのことを隠す必要もなくなったのだからな」

「ええっ」

祖父からの思わぬ提案に、千寿の顔が嫌そうに歪んだ。それを愉快そうに眺め、百王丸は五百紀を振り返る。

「五百紀もそれでよいな」

「はい」

五百紀もやや複雑そうな顔をしたが、息子に教え伝えるのはやぶさかではないようだった。

「それと、三つ子たちのことだが。妖術の使い方を憶えるのは、常ならばまだまだ先の話だ。しかし、この子らの力は大きすぎる。もう今からでも、使い方を憶えさせた方がいい」

それには一同、確かにその通りだとうなずいた。

子供たちは感情のまま、一度ならず二度までも力を暴走させかけた。今回も事なきを得たが、いつかまた、何かの拍子に力が暴走しないとも限らない。

千寿と和喜は、息子たちが自らのみならず、他人を傷つけてしまうのを恐れていた。

「これからは日々、父親であるお前が教えてやらねばなるまい」

「はい」

「しかし、父親だけでは不足であろう。何しろ幼いし、三人もいるからな。定期的に、ベテランの妖狐が付いた方がよい」

「はあ」

したり顔で持論を語る百王丸に、千寿もやや困惑したような顔をする。「そこで、だ」と、百王丸は構わず続けた。

「今後は定期的に……そう、月に一、二度がよいな……子供たちを儂の屋敷に遊びに来させるがいい。儂が遊びを交えてひ孫たちに教育を施してやる」

「……なっ、ずるいぞ！」

と、叫んだのは五百紀だった。思わず、といったその声に、みんなの注目が集まる。五百紀もハッとして視線を彷徨わせ、「何でもない！」とそっぽを向いた。

五百紀も本当は、孫たちと仲良くしたかったのだろうか。

「総領は何かと忙しいだろう。先ほど言った、千寿への教えもあるし。その点、儂は隠居の身だ。おまけに、月に一、二度でもひ孫たちを預かれれば、若い孫夫婦も水入らずでのんびりできる。儂以上の適任はいないと思うが、どうかな？」

千寿と和喜は顔を見合わせた。もちろん、百王丸の申し出はありがたい。五百紀から隠れる必要もなくなったのだから、妖狐の世界への行き来も問題ないだろう。

「大じいじんち？　大じいじんち行けるの？」

和喜たちが答える前に、夏が声を上げた。三つ子の耳が一斉に、ピンッ、と上を向く。百王丸がにかっと笑った。

「ああ、そうだ。お前たち、大じいじのところで遊ぶか？」

「ぶ！」

夜が勢いよく両手を挙げた。

「雪も！　雪も大じいじんちいく。おぼんだもん」

「お盆を知ってるのか。雪は賢いな」

「夏も、夏もおぼん！」

三つ子たちは和喜の腕から抜け出すと、ワーッと百王丸のところへ走っていく。そんな子供たちを、百王丸は相好を崩して受け止めた。
「よしよし。大じいじとジャムパンマンの部屋で遊ぼう。ほれ、子供たちもこのように言ってお
るのだが、どうだ」
得意げに言われたが、こうなればダメとは言えない。千寿と和喜は三つ指をついて、「よろし
くお願いします」と言うだけだった。
五百紀が悔しそうに百王丸を睨む。子供たちだけが、無邪気に喜んでいた。

五

目の前は一面、海だった。太陽が水平線の彼方に沈みかけている。鮮やかな夕焼けだ。

波の音を聞きながら、ジャグジーにゆったりと身を浸す。ジャグジーの水面には赤い花びらが散って、いい香りがした。和喜はふう、と思わずため息を漏らした。

子供たちを気にせず、ゆっくり余暇を過ごすのは、いつぶりだろう。こんな風に二人きりでのんびりジャグジーに入っているのが、いまだに夢みたいだ。

「何だか美味しいところはすべて、お祖父様に持っていかれた気がするな」

隣では同じようにジャグジーでくつろぐ千寿が、カクテルを飲みながら小さくぼやく。和喜は思い出してふふっと笑った。

「確かに最後は、お祖父様の独擅場（どくせんじょう）でしたね」

——これにて一件落着、だな。

ひ孫に懐かれて満悦な百王丸が場を仕切り、五百紀の襲来に始まった騒動はいちおうの収束をみせた。

五百紀は百弥を連れて去り、千寿と和喜の一家はといえば、なぜか百王丸の屋敷にいる。

あの場で和喜たちは、百王丸の屋敷に招かれたのだった。

子供たちはもう、すっかり「大じいじ」の家に遊びに行く気になっていたし、百王丸もひ孫と遊びたくて仕方がなかったらしい。

「せっかくだから、今夜は泊まっていくといい」

騒動があった後とは思えないほど気安い口調で誘われて、和喜たち一家は百王丸の屋敷に招かれた。

今、千寿とのんびり浸かっているこのジャグジーも、百王丸の屋敷の一角だ。

目の前の海が本物なのかどうかはわからない。千寿の結界と同じで、百王丸も自由に内部の広さや世界観を変えられるからだ。

みんなで美味しくて豪華な夕飯をご馳走になり、子供たちは百王丸に連れられて、待望の「ジャムパンマンの部屋」へと誘われていった。

「チビたちは儂と館(やかた)の者らで面倒を見る。お前たちは夫婦水入らずでゆっくりするといい」

百王丸の計らいで、千寿と和喜の二人きりの部屋が用意された。

前回の温泉とは打って変わって、今回は白を基調とした南国風のメゾネットで、二階のベッドルームには特大のベッドが置かれていた。海原に面した開放的なプールとジャグジーが付いている。

何度か百王丸の館にはお邪魔しているが、泊まるたびに部屋や趣向が違う。

共通しているのは、人の気配も声も聞こえず、二人を邪魔するものが何もないということ。

ただ海の波音を聞きながら、日没の水平線に生まれる赤と濃紺の美しいグラデーションを眺めつつ、時間を気にせずジャグジーでカクテルを飲む。何て贅沢なのだろう。

子供たちはどうしているかな、とふと考えてしまうが、今までの経験からいって、親を恋しがるようなことはないはずだ。

さっきも、百王丸が子供部屋に誘うと、子供たちは千寿と和喜を振り返ることなく百王丸についていった。父と母に挨拶しなさい、と百王丸に言われて、ようやくその存在を思い出したくらいだ。

今頃は「ジャムパンマンの部屋」を満喫していることだろう。

子供たちが「大じいじ」「大じいじ」とまとわりつくので、百王丸も終始嬉しそうだった。

「五百紀様は、少し気の毒でしたね」

別れ際の一幕を思い出して、五百紀に対してちょっとだけ申し訳ない気持ちになる。千寿は「ふん」とつまらなそうに鼻を鳴らした。

「あの男のしたことを考えれば、当然だな」

百王丸の仕切りで決着が付いた後のこと。去り際に、五百紀は子供たちにもきちんと謝った。

千寿と和喜を引き離すためとはいえ、罪のない子供に辛い思いをさせた。

そう言って頭を下げる五百紀に、子供たちは不審そうだったが、

「ほら、お祖父様がごめんなさいしてるよ?」

和喜が取りなすと、

「うん、いーよ」

と、面白くなさそうに謝罪を受け取った。よくわからないけど、ごめんなさい、をしているからしょうがないか、といったところだ。

それでも五百紀はホッとした顔をした。

「詫びというわけではないが、おもちゃをやろう。祖父として、孫への挨拶代わりだ」

偉そうな口調で前置きして、五百紀はゴソゴソと懐から何やら取り出す。子供たちはおもちゃと聞いて目を輝かせたのだが――。

「人間界では、こういうのが流行っているのだろう？」

ほら、と懐から取り出して見せたのは、ジャムパンマンと並ぶ子供たちに人気のアニメ、ホゲモンのピカ虫(ちゅう)だった。

「ピカ……」

それを見た夜が、ぶるぶる震えたかと思うと、わあっと大声で泣き出した。

「ピカ虫こわいぃっ」

そういえば、この一連の出来事は、五百紀がピカ虫のおもちゃに罠を仕掛けたことから始まったのだった。

家の中に罠のおもちゃを持ち込んだのは夜で、しばらく気にしていた。

「夜、大丈夫だよ。あれは怖くないよ」

必死にしがみついてくる夜に、和喜はそう言ったけれど、夜は怯えて顔を上げない。夏も雪もつられて泣き出した。

「おい、親父。それを早くしまえ！　ピカ虫がうちの子のトラウマになってるんだ」

「トラウマ……」

千寿が恫喝し、五百紀は愕然とした様子で、慌てておもちゃをしまった。

「あんたが、おもちゃに罠をしかけたからだろう。あれで怖い思いをしたせいだ」

「それは……」

五百紀が唇を噛んだ時、百王丸がすかさず三つ子たちに声をかけた。

「おおい、子供たち。こっちにジャムパンマンとザッキンマンがいるぞ〜」

ポン、と空中に大きなジャムパンマンとザッキンマンのぬいぐるみが現れて、手を振っている。

子供たちはたちまち、顔を明るくした。

「ほれ、大じいじのところにおいで。みんなで遊ぶぞ」

その一声に、子供たちは泣くのをやめてワーッと百王丸の元へ走り寄った。子供たちを抱き上げると、五百紀に向かって「どうだ」というように不敵な笑みを浮かべる。

「く……っ」

五百紀は心底、悔しそうに顔をしかめ、呻いていた。それから和喜はすぐ、千寿に促されて百王丸の屋敷へ向かったのだが、別れ際にしょんぼりと耳と尻尾を垂らしていた五百紀を見て、ちょっと気の毒に思った。

「あの男は、孫に怯えられるようなことをしたんだ、自業自得だろ。おもちゃを与えたからすぐ懐かれるなんて、甘い考えだ」

千寿は相変わらず、五百紀に対して厳しい。

「まあ、そうなんですけどね」

和喜だって、すぐに五百紀のことをすべて許せるわけではない。

しかしそれは、五百紀も同様だろう。約束だから、和喜を受け入れると言ったけれど、そこで気持ちまで切り替わるかといえば、それはまた別の話だ。

「これからゆっくり、距離を縮めていけたらいいですよね。五百紀様と、俺たちと」

和喜たちが五百紀に心を許せるようになるまで、五百紀が和喜を受け入れられるまで、まだまだ時間が必要だ。でも、時間だけはたっぷりある。

「和喜はすごいな。俺はまだ、そんな風には考えられない。親父を見ると無条件にイライラする」

千寿の素直な言葉に、少し笑ってしまった。

「それはたぶん、二人が実の親子だからじゃないですかね。俺にとってはお舅様だから、一歩引いて見られるんです。血が繋がってるってだけじゃなくて、親子としての時間があったから。お義母(かあ)様のように、たまに会うか会わないかの相手なら、もっとお互いに無関心でいられたでしょう」

反発を覚える前に親が亡くなってしまった和喜にとっては、少し羨ましいことだ。

海を眺めながらそんなことを考えていると、横から千寿がつと、戯れるように和喜の髪を撫でた。

振り返ると、千寿がじっと和喜を見つめる。

「ありがとうな、和喜。お前のおかげで、親父に俺たちの仲を認めさせることができた」

和喜は驚いてかぶりを振った。

「俺は何もしてませんよ。千寿さんが俺を庇ってくれたからじゃないですか」

自分は情けなくもオロオロしていただけだった。千寿が記憶を失っている間も、特に役に立っていたわけではないし。

しかし千寿は、優しく目元を和ませて微笑むと、きっぱりと言い切った。

「いいや、お前のおかげだ。記憶を失って、右も左もわからなくなっていた俺と、子供たちをまとめて一家を守ってくれた。お前がいなかったら、一家がバラバラになっていただろう。俺の記憶が戻ったのは偶然だが、今日まで家族揃って無事に過ごせていたのは、お前のおかげだ」

ありがとう、ともう一度、真摯な声音で言われて、鼻の奥がツンと痛くなった。

「しかし、総領に認められたとはいえ、これからも苦労をかけることがあるかもしれない」

「はい。覚悟の上です」

もとより、平坦な道ではないとわかっていて、千寿と一緒になったのだ。力強くうなずくと、千寿は目を細めて和喜の頬や肩を労るように撫でた。

「俺は未熟だった。今回のことで、それを思い知った。だからもう簡単に、お前を絶対に傷つけない、とは言えない。だが、すべてを賭してお前と子供たちを守ると誓う。苦労をさせないよう、心を砕く。努力をする」

いつしか、千寿の眼差しから甘やかな色が消え、声音と共に切実なものに変わっていた。

「千寿さん……」

「だから、和喜。どうか、これからも俺と一緒にいてほしい」

水の中で、そっと手を握られる。和喜にとって、この騒動は家族で頑張った、という思い出になったけれど、千寿にとっては反省することも多かった出来事なのかもしれない。

狐の耳がぺしょりと寝ているのに気がついて、和喜は空いた手で千寿の耳を撫でる。クシクシと根元を揉むように弄ると、千寿は戸惑いつつも気持ち良さそうに目を細めた。

「頼まれなくても、絶対に離れませんから」

ホッとしたような笑みの後、顔が近づいてきて、キスをされた。

「……あの、そういえば。記憶を失っている間のことも、憶えてるんですか？」

唇が離れてから、ふと気になっていたことを尋ねてみる。千寿は記憶をたぐるように、ぐるりと目を動かした。

「そうだな。すべて憶えている。最初、わけがわからずお前や子供たちに辛く当たったことも。

すまなかった」

「そんなの、謝らないでください。あの場合、当然の反応なんですから。そっか。憶えてるんですね」

想いが通じ合わないゼロからスタートして、再び気持ちを通わせたことも。

嬉しいような、気恥ずかしいような。告白をし合ったことなど、意識をすると照れ臭くなって、和喜はうつむいた。

「ああ。何もかも憶えている。記憶のない俺と気持ちを通わせた時、抱き合ったお前の初々しい姿とかな」

「それは忘れていいです」

顔を赤くして睨むと、千寿は楽しそうに笑った。再び顔が近づいてくる。

柔らかな口づけに、和喜も応えた。何度も唇を重ねるうち、口づけだけでは足りず、どちらも互いの身体に手を伸ばしていく。

「あの……」

うっとりしていた和喜は、我に返って軽く相手の身体を押した。

二人きりだからと、水着も穿かずに裸でジャグジーに入っていた。千寿の手は徐々に下り、臀部へと伸びている。和喜が抵抗しなければ、このままここですることになるだろう。

「ん？　嫌か」

「嫌じゃないです。ただ、ここはその……少し開放的すぎるというか……」

人の気配もなく、気にする必要もないのだが、ここで抱かれるのは落ち着かない。

言葉少なに訴えると、千寿はニヤッと面白がるような笑みを浮かべた。

「いつまでも物慣れないところもいいな」

「もう……またそういう」

「寝室に行こう」

こちらが睨むと、千寿はなおも笑って、ざぶんと立ち上がる。タオルで水気を拭くと、再び和喜を抱えて寝室へと移動した。

ベッドに和喜を横たえるとすぐ、千寿はその首筋や胸元に唇を落とし始めた。

「ん……ぁっ」

乳首を含まれ、舌で舐め転がされると、びりびりと身体中に快感が駆け抜けた。その反応を見た千寿が、キュッと強く乳首を吸う。もう片方の乳首も指の腹でクリクリと弄られて、大きく背中をのけぞらせた。

「あぁっ」

誰にも邪魔をされない空間で交わるのは久しぶりで、何も考えずに感じていいのだと思うと、理性の箍が容易に外れてしまいそうだ。

「千寿さ……待っ……ゆっくり」

記憶のない千寿と心を通じ合わせてから、何度か触れ合ったことはあったけれど、子供がいるので頻繁には抱き合えない。

ここ数日は営みもなく、自分で慰める暇もなかったから、久しぶりの刺激にすぐ弾けてしまいそうだった。

「ん、これか？」

千寿も気づいていたのだろう、顔を上げるとニヤリと悪い笑みを浮かべた。その手で、すでに先走りを垂らしていた和喜の性器を包み込む。先端を軽く擦り、焦らすような刺激を与えた。

「あ、も……」

もっと強い刺激が欲しい。物足りないのに、敏感になった性器はそれだけでも達してしまいそうになる。

その手から逃げるように腰を引くと、千寿は身体をずらして和喜の身体を自分の腕の中に抱え込んだ。

「堪えずに、一度出すといい。今夜はゆっくりお前を貪れるからな」

そうして和喜を脇に抱き、足を開かせると、性器を擦り上げ、陰嚢を揉みしだいた。

「や、あっ、あぁっ」

激しい愛撫に、和喜の身体はたちまち絶頂に登り詰める。

寸前で唇を塞がれ、びくびくと身体を震わせながら、勢い良く精を噴き上げていた。

「ん、うぅーっ」

射精した後も、千寿の愛撫はやまない。陰嚢を弄っていた手が、するりとその先にある窄まりに伸びた。くちゅりと指を差し入れられ、身を震わせる。

「や……今、イッたのに……」

「ああ。腕の中で震えて、可愛かった」

言いながら千寿が、指を増やして出し入れする。

「あ、やっ」

感じる部分を何度も擦られて、達したばかりだというのに中心が疼いた。ちらりと真横を見ると、千寿の性器も太く反り返っている。雄々しいそれで貫かれることを想像し、和喜は思わずごくりと喉を鳴らした。

「千寿さん」

相手の中心に手を伸ばし、手のひらで亀頭を撫でると、どろりと先走りがこぼれた。熱くて大きい。これが欲しくてたまらない。

「千寿さん、もう……」

潤んだ目でねだると、千寿は目を細めた。

「ああ。俺もそろそろ辛い」

窄まりから指が引き抜かれ、再びベッドに横たえられた。

覆いかぶさってくる千寿の頭に尖った耳があって、何だか久しぶりだなあと懐かしく感じてしまう。このところずっと、人間の姿の彼しか見ていなかったから。

「何を考えてる?」

尖った耳をじっと見つめていると、千寿が心配そうに覗き込んできた。和喜はその耳に手を伸ばし、クシクシと根元を揉んでやる。

「妖狐の姿もカッコいいなあって」

千寿は気持ち良さそうに目を細めながら、和喜にキスをした。

「人間でも妖狐でも好きだと言ってくれた時、嬉しかった。俺の力など関係なく、俺そのものを見てくれたから」

「俺も。記憶を失ってもまた、俺を選んでくれて嬉しかったです」

二人でくすりと笑い合って、また唇を重ねる。

「何度でも、俺はお前のことを好きになるだろう。今も好きになってる」

和喜も、千寿を毎日好きになっている。きっとこれからも。

千寿がゆっくりと和喜の中に入ってくる。久しぶりに味わう逞しい男根に、たまらず息を詰めた。

「辛いか?」

優しく心配そうな問いかけに、緩くかぶりを振る。手を伸ばし、相手の肩に縋りついた。

「気持ちいいです。すごく。久しぶりで……っ」

途端、軽く腰を打ち付けられた。内壁を擦られ、ビリッと快感が走った。

「あ、ぅ……」

うっとりと目を細めると、千寿が律動を開始する。最初は窺いながら腰を進めていたが、和喜が感じているとわかって、動きが激しくなった。

「や……ぁ、すご……ぃっ」

こんなに激しくされるのは、久しぶりだ。和喜も我を忘れて千寿に縋りつき、自ら腰を振った。

「ふ……っ、ぁ……んっ」

千寿が次第に切なげな表情を見せ始め、和喜にも絶頂の波が押し寄せる。

「く……ぅっ」

和喜を貫く男根が、大きく育った気がした。かと思うと、ぐっとひときわ強く腰を打ち付けられる。

次の瞬間、千寿が低く呻いて精を放った。射精しながら何度も身体を揺さぶられ、和喜もまた嬌声を上げて高みに到達する。

二人は無言のまま抱き合って、荒い息をついた。

やがて身を起こした千寿が、ついばむように和喜の頬や額にキスをする。和喜もそれに応えた。

繋がったまま、互いに愛撫を繰り返す。

どちらも何も言わなかったが、もう言葉は不要だった。二人はそのまま、心ゆくまで互いの身体を貪り続けた。


「できた！」

夏が叫んだ。リビングのソファにいる千寿と和喜のところへテテッと駆けてきて、ゴムパンツのお尻を向ける。

「おしっぽ、ないないできた！」

狐の耳はそのままだが、確かに尻尾がなくなっている。おおっ、と千寿と和喜は目を瞠った。

「本当だ。よくやったな、夏」

「すごいねえ」

次々に褒めると、夏は「へへ」と、照れ臭さと誇らしさの混じった笑みを浮かべた。そこへ夜が寄ってきて、頭をずいっとこちらに向けた。

「夜も。みみ！」

夜の頭からは尖った狐の耳が消え、かわりに人間の耳が現れている。こちらもすごい。大人二人で拍手をする。

騒動から数か月、早いもので人間界は、秋から冬に移り変わろうとしている。家内には平和な日々が続いていた。

子供たちは月に一度か二度、百王丸のところへお泊まりに出掛けている。妖力の制御を学ぶため、というのが名目だが、一日のほとんどは大じいじの趣向を凝らした遊具場で遊びまくっているようだった。毎回、迎えに行くともうちょっと遊ぶだの、帰りたくないだのとぐずられる。

それでも力の制御は学んでいるようで、最近は段々と、耳か尻尾のどちらか一つずつを隠せるようになった。

子狐姿に変わる時間も、確実に減っている。もっとも、三つ子とはいえ三人とも、成長のペースはバラバラなようだが。

「ぴゃ……」

雪が力んだ拍子に子狐になってしまい、泣き出した。

どうも雪は、夜と夏に比べて変化が上手くできないようなのだ。耳も尻尾もなかなか隠すことができず、うんうん唸っているうちに子狐になってしまう。

「雪。焦らなくていい。練習すればいつか必ずできるようになる。お前にはちゃんと、妖力が備わっているのだからな」

ぐすぐすと泣く白い子狐の身体を掬い上げ、千寿が慰める。ぽんぽん、と背中を撫でているうちに、雪は泣きやんだ。ほんと？　と、つぶらな瞳で両親を見つめる。

「うん、父様がそう言うんだもん、大丈夫だよ。お前たちはまだ、練習を始めたばかりだからね」

何しろ子供たちはまだ生まれて一年にも満たないのだ。焦ることはない。和喜も雪を慰めて、白い被毛を撫でてやる。夜と夏がずるい、とぴょんぴょん飛び跳ねた。

「今日の練習はこれくらいにするか」

子供たちの集中力が切れてきた。千寿の一声に、子供たちも「おなかすいたー」と答える。和喜は「じゃあお昼にしようか」と笑った。

今日は千寿がお昼ご飯の担当なので、ご飯ができるまで子供たちを見るのは和喜の役目だ。千寿は髪を後ろで結び、着物をたすき掛けしてキッチンに立っている。

「かあさま、テレビ！」

ご飯を待っている間に、アニメの録画が観たいと子供たちは言う。

「キュアキュア見たい」

このところ、子供たちの間で『魔法のキュアキュア』が流行の兆(きざ)しを見せている。

先日、このアニメの第一期ＤＶＤが全巻、絵本やおもちゃと共にごっそり送られてきたのがきっかけだった。

送り主は五百紀である。ピカ虫で怖がらせてしまったので、別のキャラクターでリベンジを試みたらしい。百王丸といい、五百紀も人間界のカルチャーをよく勉強している。

キュアキュアはもうちょっと年長さん向けかな、と思ったが、試しに子供たちにアニメを観せたら思いのほか食いついた。

それから子供たちは何度も繰り返し、第一期のＤＶＤと第二期の録画を観ている。ジャムパンマンも好きだけど、キュアキュアは新しいお気に入りだ。

送られた荷物の中には、キュアキュアのキャラクターのペアカップも入っていた。二つ一組のそれは、何のメッセージも添えられてはいなかったけれど、たぶん千寿と和喜へのプレゼントなのだろう。

五百紀はいったい、どんな顔でこれを選んだのか。アニメを観るたびに和喜は考えて、微笑ましい気持ちになる。

まだまだ、五百紀とすっかり打ち解けるのには、時間がかかるだろうけれど、少しずつ歩み寄っていければいい。

キッチンから漂ってくる美味しそうな匂いを嗅ぎながら、和喜はそんなことを思うのだった。

こんにちは、初めまして。小中大豆と申します。

今作は、「狐宝　授かりました」の続編となります。

前作を気にせず読めるようにしたつもりですが、前作が気になった方はぜひ、千寿と和喜のマタ活編を読んでいただけると嬉しいです。

今作はイラストレーターの先生がバトンタッチしまして、小山田あみ先生にご担当いただきました。

このあとがきを書いている段階ではまだ、出来上がりを拝見していないのですが、主人公たちだけでなく、祖父たちも挿絵に入っているようなので、今から楽しみでなりません。

小山田先生、そして編集様、ご迷惑をおかけしました。ありがとうございます。

そしてここまで読んでくださいました読者様、ありがとうございました。

前作を読んでくださった方々のおかげで、続編を出すことができました。

今作を、少しでも楽しんでいただけたら幸いです。

それではまた、どこかでお会いできますように。

CROSS NOVELSをお買い上げいただき
ありがとうございます。
この本を読んだご意見・ご感想をお寄せください。
〒110-8625
東京都台東区東上野2-8-7　笠倉出版社
CROSS NOVELS 編集部
「小中大豆先生」係／「小山田あみ先生」係

CROSS NOVELS

狐宝(こだから) 授かりました2

著者

小中大豆

2020年8月23日　初版発行　検印廃止

発行者　笠倉伸夫
発行所　株式会社　笠倉出版社
〒110-8625　東京都台東区東上野2-8-7　笠倉ビル
[営業]TEL　0120-984-164
FAX　03-4355-1109
[編集]TEL　03-4355-1103
FAX　03-5846-3493
http://www.kasakura.co.jp/
振替口座　00130-9-75686
印刷　株式会社　光邦
装丁　磯部亜希
ISBN　978-4-7730-6046-1
Printed in Japan